叶 芊 / 著

"女王"日记

我把青春还给你

《我把成长还给你》续集

SPM
南方出版传媒
广东经济出版社
·广州·

图书在版编目（CIP）数据

“女王”日记：我把青春还给你 / 叶芊著. —广州：广东经济出版社，2021.1

ISBN 978-7-5454-7311-7

Ⅰ.①女…　Ⅱ.①叶…　Ⅲ.①日记—作品集—中国—当代　Ⅳ.①I267.5

中国版本图书馆CIP数据核字（2020）第139135号

策　　划：李　鹏
责任编辑：韩文君　谢慧文　何绮婷
责任技编：陆俊帆
封面设计：友间文化

“女王”日记——我把青春还给你
“Nü WANG” RIJI——WO BA QINGCHUN HUANGEI NI

出版人	李　鹏
出　版 发　行	广东经济出版社（广州市环市东路水荫路11号11～12楼）
经　销	全国新华书店
印　刷	广东鹏腾宇文化创新有限公司 （珠海市高新区唐家湾镇科技九路88号10栋）
开　本	880毫米×1230毫米　1/32
印　张	10.75
字　数	300千字
版　次	2021年1月第1版
印　次	2021年1月第1次
书　号	ISBN 978-7-5454-7311-7
定　价	38.00元

图书营销中心地址：广州市环市东路水荫路11号11楼
电话：（020）87393830　邮政编码：510075
如发现印装质量问题，影响阅读，请与本社联系
广东经济出版社常年法律顾问：胡志海律师

自序

写在前面的心里话

我太喜欢这班孩子了，他们几乎拥有了我最喜爱的所有特性：阳光、热情、自信、温暖、细腻而又不失张扬，即使现在我没有教他们了，而他们也即将毕业，我仍不愿吝惜对他们的赞美。

初一刚入学时，一张张稚嫩的脸庞在人群中已格外引人注目。因为他们是初一（8）班的孩子，额头上都贴上了“女王”的标记，这让“女王”觉得他们都是自带光环的小天使，而那个自诩“女王”、爱臭美又喜欢Hello Kitty（凯蒂猫）的家伙，就是我。

和这班孩子在一起的每一天，都无比的充实和美好，我控制不住地想把每一天、每一个画面、每一句话都记录下来。他们知道我每天都在写他们，经常会很好奇地问我，“老师，您写我们的这本书什么时候出版啊？”闪着光芒的眼睛里充满期待。会的，无论什么时候出版，这都是我对你们爱的表白。

终于到了这一天，《“女王”日记：我把青春还给你》出版了，而你们也毕业了……

我就是一个不着调的老师，却培养出了这些特有范儿的娃，我不承认这是我的一厢情愿，因为我知道，在他们心目中，我就是完美的“女王”。我们无须互相吹捧，但都深爱对方，这种爱，不会被岁月冲淡，不会被时间湮灭，虽不轰轰烈烈，却藏在内心深处，伴随着我们度过每一个黑夜、每一段坎坷……

写给亲爱的你们！

2020年8月

目录

第一辑

九月初秋　硕果累累

8月31日 星期四 烈日晴空

广袤无际的夜空，闪过一道刺眼的白光，一位粉衣战士举起右手直指苍穹，从心底发出咆哮：“女王”重战江湖！

是的，那就是我——光芒万丈，如璀璨的明珠，即使坠入茫茫大海，也依然夺目迷人，威震四方。啊！啊！天哪！7点了！要迟到了！我的“女王”梦啊……

“我——就是——你们的——‘女王’！”我字字遒劲，音量不大却直戳心窝，面若桃花却双目如炬。

下面一阵骚动，有的不屑，有的暗笑，有的迷惑，更多的是崇拜。

我的内心充满自信、阳光和希望。我要用我的自信和骄傲感染他们。

我用心地看过他们每一个人，并且对他们由衷地感到喜欢，虽然几年没做班主任了，但这种感觉犹新，仿佛就在昨天才刚送走一批学生。

下午班会课，我专门语重心长地和孩子们说：“作为初一的学生，你们犯任何错误（注意是错误，违法行为另说），我都可以原谅你们，前提是你们必须勇于承认错误，并且下决心改正。”没错，这是我尤为看中的一点，这个问题与学习成绩无关，却能培养孩子受用一生的品质。

班会课后大扫除，我交代了临时选出的劳动委员小秋负责检查大家的任务是否完成。那是一个黑黑瘦瘦的男孩，我特别喜欢他的一脸正气。大约半小时后，小秋说大扫除完毕，于是我回到教室准备小结，无意中发现窗台的卫生没做好，还有很厚的灰尘，我便马上安排了几位同学重新擦窗台，其余同学就先放学了。

小秋逆着放学的人群走向我，低着头说：“老师，我承认我犯了错误，我没有尽到劳动委员的责任。”

说实话，当时我有点意外，我笑了笑，拍了拍他的肩膀，轻声说了句“没事”。

晚上开家长会，在散会前我专门讲到了这件事，我笑着和家长们说：“你们的孩子让我感到很欣慰，他们是很愿意接受我的教育的，并立马付诸行动，这让我对我们班的未来充满希望！”我不但狠狠地表扬了小秋，而且表达了对小秋妈妈的感激，感谢她培养了一个优秀的儿子。当然，我相信我们班里类似小秋这样的孩子比比皆是。

忙碌了一天，从早上7点半踏入学校，到晚上10点才离开。累，自不必多言，还有满满的成就感和幸福感。好啦，继续我的"女王"梦……晚安，全世界。

9月1日 星期五　晴

开学日正值周五，有点幸福，嘿嘿！

忙碌了一早上，好不容易回到家，准备吃完饭美美地和床"亲热"一下，突然，电话响了，直觉告诉我即将听到的不是让人愉悦的事情。

"叶老师，你们班的副班长小文的手机丢了，上完体育课回来发现的，你还在学校吗？"电话那头传来年级长略微急促的声音。

"我……刚到家。"我仿佛看到了我亲爱的床在向我挥手告别。

"那我先带他去政教处处理吧。"年级长的声音里透着些许无奈。

我立刻联系了小文的家长，说清事情并建议家长去一趟学校，然后我也准备去一趟。

刚要出门，年级长的电话又来了。事情已经解决，小文在书包的另一个夹层找到了手机。另一个夹层！手机！

下午第一节课是我的课，一上课我就黑着脸宣布新规：（1）不准带智能手机来学校；（2）一定要带到学校的贵重物品（如电话手表、钱），自己妥善保管。

令人略感安慰的是，找到手机后，小文第一时间打电话向我承认了错误，并在下午专门找到我，为自己的鲁莽道歉，也算孺子可教吧！

9月4日
星期一　雨

周一举行升旗仪式，我早早地来到学校，发现孩子们已经在操场排好队了，棒棒的！

我走到队伍的最前面，颇为满意地笑了笑。新官上任的副班长小文（没错，就是开学第一天丢手机的闹剧主角）雄赳赳气昂昂地从队伍最后健步走向前排，一脸严肃，站在第一排男生前，朝前方高举右手，示意队伍后面的同学向前对齐。

“立正！向前看齐！”口号喊得溜溜的，特别有气势。

突然，他皱起眉头，快步走到队伍中间，毫不留情地喊了一位男生出列，让他站到队伍最前面，显然这孩子没有按副班长的要求排队。男孩灰溜溜地走到队伍前面，局促不安地看了我一眼。

他这一眼倒是把我惊醒了，我……这是在干吗？看戏？我是班主任啊，对哦，我是班主任，再不做点什么好像太过分了吧！

“你怎么了？”我低声问这个被揪出来的男孩。

“是我后面的同学先推了我一把！”他似乎有点不服气，不过语气还算温和。

我正准备发话，看见小文气势汹汹地朝这边奔了过来，我决定看看他准备怎么处理。

“你刚才干吗打打闹闹的？不知道是在排队准备升旗仪式吗？”小文仍是一脸严肃但音量不大，听着让人还能接受。

“是我后面的同学先推我的！”这男孩倒是提高了音量。

“他推你你可以告诉我！”小文看了看旁边的我，又说：“也可以告诉老师，我会批评他的！”坚定的语气让违纪的男孩无法反驳，“没事，下次记住不要这样就可以了，好吧，回到自己的位置。”小文很温柔地拍了拍他的肩膀，让他回去了。

这家伙，真让我刮目相看，还会软硬兼施、刚柔并济哦！我在心里默默地给小文点了个“赞”。

所以，不要小瞧这些十二三岁的半大小子，他们很有主见，敢说敢做，只要有舞台，他们就可以绽放光彩。

今天又是有收获的一天。虽然累，但开心。

9月5日
星期二　雨

今天一早由班长收保险费，每人每年100元。作为一名班主任，我认为这个钱是不能省的，初中的孩子，活泼好动，磕磕碰碰在所难免，保险在意外发生后还是可以起到一定作用的。

由于担心孩子们玩心大不记事，我专门把通知写在了黑板上，并口头提醒了三四次，还在家长微信群提醒了家长两次。结果，依然有6位同学忘记带钱了，这简直毫无意外。由于今早保险公司的工作人员统一到学校来收钱，因此我立刻叫那几位忘记带钱的同学打电话通知家长送钱过来。

第一节课下课后，班长领着一个低着头的女生来到我身边，是小唐。她梨花带泪，有些泣不成声地说："老师，对不起……我刚刚……没有上课……"

"嗯？"我一惊，"刚才没上课？"

她哭得更伤心了，我有点于心不忍，拍了拍她的肩膀，"先别哭，老师都没有怪你，你先说说是怎么回事吧。"

她稍稍平复了一下情绪，"我没带保险费，打电话给我爸爸，他叫我在校门口等，我……一直等了一节课，他现在还没来。”

这……唉，我该说什么好呢？！我心里挺气愤的，安抚了一下小唐，让她去上课了。

回头我就和小唐的家长联系了，家长说他有事走不开，我狠狠地批评了那位家长。走不开不能让孩子先去上课吗？耽误孩子一节课事小，让孩子心理承受巨大压力事大。一个胆小的女生，自己站在校门口翘首以盼，一边盼着爸爸快点来，一边想着教室里此刻在发生什么，老师会不会责怪她，班长会不会登记她旷课……想想我都心疼。

我们都该“长点心”。

9月6日 星期三 晴转小雨

周三有语文早读课，怕新上任的科代表组织不好，我早早地来到了学校。离早读课还差五分钟，我走进教室时，发现大伙已经开始早读了。科代表小甘是个有着圆圆的脸蛋、中等身材、看着很亲切的女孩，她特别有主见、有想法，在QQ上毛遂自荐，主动请缨当语文科代表，我当即毫不犹豫地答应了。

既然科代表已经组织好早读了，正好我可以有点时间来安排一下班干部的工作。我走上讲台，对照着座位表，打量着每一个人。班长、副班长之前已经安排好了，小邹和小文两人都很得力；纪律委员我找了小潘，一个帅气又机灵的男孩，据说在班里挺活跃的，可我几次叫他去办公室他都很害羞，或许初一的孩子还是有点害怕老师的吧；劳动委员小周，一看就是个朴实阳光的男孩，干起活来不怕脏不怕累，把班里的卫生值日安排得妥妥当当……

我经过一番考量后，新增了几位班干部，并利用早读课最后几分钟宣布了一下名单。每念到一位新班干部的名字，我都会请他站起来让大家认识一下，我能明显地感觉到这些“新官”们站起来时的那种自豪感。尤其是“平民”们向他们投去羡慕的眼光时，他们更是得意，毕竟都是孩子，有点荣誉感也挺好的。

宣布完班干部名单之后，为了树立班干部的威信，我专门和大家说：“以后，大家要服从班干部的管理，我在的时候，班干部会协助我一起管理班级；我不在的时候，班干部就代表我管理班级。班干部说的话就是我说的话，大家都要服从并执行，如果有任何异议，可以私底下找班干部或者我说明。”

话音刚落，我就发现有很多“平民”流露出对“当官”的向往，决定激励他们一下：“班干部还没有选齐哦，还有好些职位暂时没有安排，我还要再考察考察呢！”我刚说完，就发现前排几位同学的眼睛突然亮了起来。哈哈，这些孩子们！

9月7日
星期四　晴转小雨

今天第二节课下课之后学校要进行安全演练，考虑班里的孩子都是新生，我专门用了两分钟交代了一下注意事项。其实也没啥特别的话要说，无非就是让他们把演练当作真的逃生，速度要快，安全第一。

第二节课我在别的班上课，下课前一分钟，警报果然响起，我立即组织教室里的学生快速有序地离开教室，可我发现他们不像我想象的那样慌忙逃生。

“老师，要不要关电脑？”班长慢悠悠地问我，我惊呆了，半天没反应过来，他又问：“风扇和电灯要关吗？”

“老师，今天有语文作业吗？”

…………

“快跑！都什么时候了，还关灯，还问作业，逃命去啊！”我着急地大喊。

他们很淡定地看着我，“演习而已啦，老师，别那么紧张。”

我站在走廊上，往下望了望，发现有一波人正有序地跑出教学楼，那是我们班的学生！小文微胖的身躯灵活地穿梭在人群中；小邹的大长腿此刻发挥了作用，把大多数人甩在了后面；小潘更是机灵得像只猴儿，两三步就蹿到了操场……

还是你们最优秀，人群中，辨识度真高！

9月8日
星期五　多云

今天早上大课间要进行朗诵比赛的初赛，所以早读的时候我专门让参赛同学在班里表演了一下。我们班的节目是小组朗诵《将进酒》，领诵的是小雷和小雨。哈哈，突然发现这俩名字好搭啊！

在班里表演完，我请大伙儿帮忙提意见，大家都很积极地发言。

“小华的脑袋总爱晃来晃去，身体也一直在动。”

“小张是闭着眼读的！”

“班长的脸被前排同学挡着了……”

…………

“再来一次吧！”小雷提出。我发现他的声音有点儿沙哑。

因为是领读，大家对小雨和小雷的要求会更高。小雨虽然是个斯文秀气的女孩，但充满自信，朗读起来很是大气；小雷个子虽小，但声音浑厚有磁性，读得抑扬顿挫，很有感染力。不过，小雷的嗓子明显有点受不了了，看样子昨晚在家也没少练习。好几次，我都发现他发不出声音了，他皱着眉，不时地摸摸脖子，似乎每发一个音都很难受的样子。

“……与尔同销万古愁。”

“好！”终于朗读完了，“一会儿参赛你们就这样上，绝对没问题的！”大家也报以热烈的掌声。是的，认真的孩子都很可爱。

“小雷，你的嗓子怎么了？”我很担心他。

“我也不知道怎么回事……”小雷摸摸后脑勺，不好意思地笑着说。

“为了确保比赛的顺利，从现在开始到比赛前，你不许讲话了！”我笑着嗔怪道，“大家帮我监督他，不准他说话！”

“好！没问题！”这个时候大伙的反应最热烈。

我觉得，有这份认真和执着，比赛结果都不重要了。当然，最后我们的节目第一个获得了决赛资格。棒棒的！

9月11日
星期一　晴

今天下午发校服，几个高大的男生和热心的女生合力把一大麻袋的新校服连抬带拖地搬回了教室。孩子们异常兴奋，看着他们那迫不及待的模样，我忍不住吐槽："发个校服至于那么兴奋吗？这可是你们自己花钱买的，又不是天上掉下来的！"我这么一说，大家却更兴奋了。

我负责报名字和尺码，班长小邹负责发校服，第一排的小袁主动来帮忙一起发，大家忙得不亦乐乎。最值得一提的是小袁，很是卖力，胖乎乎的身子穿梭在四个小组间，不一会儿他的衣服就被汗水打湿了。小袁个子不高，他的校服尺码报的是一米五，拿到手往身上一比，裤子得提到胸口的位置才不会拖地，大伙儿都笑他，他还自嘲道："太大了太大了，能不能换一米四的！"

"最小的就是一米五的哦……"我给他"补了一刀"，哈哈！

发完校服，最后一节课是劳动课，不需要我操心，劳动委员小周早已安排妥当，有条不紊地组织大伙儿打扫卫生去咯！

我越发觉得这些孩子可爱了。

9月12日
星期二　多云

今天语文课，我邀请学生来讲课，小文第一个举手，还高喊：“我来！”满满的自信，你不上谁上呢？

这是一篇自读课《雨的四季》，小文登上讲台，丝毫不怯场地，大声说道：“大家好！我姓丘，请大家叫我丘老师。”

丘老师淡定地开始讲课，声情并茂，讲读结合，不但讲解得很细致，还很注意调动其他学生的积极性，表现得一点也不像是个初一的孩子。

“谁来读一下课文？没人？这样很尴尬的哦……”

“好！我点名请同学来回答一下，15号同学来吧！”

“这里是抒情的部分，你们觉得自己读得有感情吗？对，一点感情都没有，重读！”

……

或许他也有点紧张，不过确实伪装得不错的，至少台下的我们并没有明显感觉到。相比大部分起来回答问题声音都颤抖的同龄人来说，他的确很棒！而且我注意到，丘老师每提一个问题，下面的同学都挺积极地举手回答，比我上课时的反应还热烈，我都有点吃醋了。哼！算了，看在我们还不太熟，看在你们是同龄人沟通起来更轻松，看在你们迟早有一天会疯狂爱上我和我的课的份上，原谅你们这群小屁孩吧。

上了大约半节课，趁着丘老师巡堂经过我身边，我低声说道：“课先上到这里吧，讲了一半了。”我怕他觉得压力有点大，也怕他因为紧张，讲课讲得太累又不敢半途而废，便开口让他停下来，正好也可以给别人留点机会。

“嗯……”他一副欲言又止的样子。

“你想继续把这节课上完吗？”我似乎有点懂他的意思了。

“可以啊，让我上完吧！”他那招牌式的微笑很能感染人。

“好！”我爽快地比了个“OK”的手势。

剩下半节课，小丘老师仍然是很享受的样子，甚至还觉得时间过得太快呢。最后在我的示意下，丘老师一看表，猛地发

现还剩两分钟就下课了，一脸依依不舍、无比留恋的模样。

小丘老师布置了课后作业，写一篇题为“我们的丘老师”的作文，还打趣道：“只准说好话，批评的话可是要重写的哦！”有学生私底下问我，“这个作业我们要不要写的啊？”“要！丘老师布置的作业，当然要认认真真地完成！”

我这个过气“女王”班主任还是很配合小丘老师开展工作的，对吧？（小甘昨晚也准备了讲课笔记，虽然没能上台当小老师，但精神可嘉。）

9月13日
星期三　晴

今天上课请同学们分析课文的句子，分析前要先朗读一下，大家都很积极地举手发言。

“小雷，你第一个来吧！”

“我分析这句：‘春天，树叶开始闪出黄青，花苞轻轻地在风中摆动，似乎还带着一种冬天的昏黄。’”他快速地把句子读完，“从这句可以看出……”

“分析得挺透彻的，看来是经过仔细思考得出来的哦！”我给了他一个“赞”。

“再请一位同学来谈谈。”我把目光投向后排，几个男生很踊跃地举着手，满脸的自信和期待。考虑刚叫了一位男生发言，我准备把这次机会给女孩子。

我的目光轻轻地掠过人群，忽然发现前排的一位看似怯生生的女孩小雨，她可是我们班朗诵节目的女领诵哦，柔弱的外表下藏着一鸣惊人的潜力。她看了看课本，又仰头思忖片刻，犹豫着慢慢把手举起，手指微微弯曲着，然后轻握成拳头，似乎又想把手放下，趁她还没放下的那一瞬间，我喊了她：“好，小雨来吧！”

她有点愕然，深深吸了一口气，站了起来：“我特别喜欢这句：‘忽然，在一个夜晚，玻璃窗上发出了响声，那是雨，是使人静谧，使人怀想，使人动情的秋雨啊！’”她投入地朗诵着句子，声音清脆，咬字清晰。她的朗诵正如她本人，外柔内刚，坚定，抑或柔情，都拿捏得恰到好处。毫不夸张地说，听她朗诵就是一种享受。

后来，小雨又回答了几个问题，每次回答都像朗诵一般。如果是原文句子，自然读得声情并茂；即使是自己分析的话语，她也说得抑扬顿挫。每次站起来回答问题，她都有种登台演出的既视感，自带光环。

当然，对于幼稚鬼还挺多的初一学生来说，这样突出的表现会惹来不少羡慕或嫉妒的目光，也有嘲讽、窃笑的人，她毫不在意，自顾自地沉醉在朗读的乐趣中，只当他们不存在。哈哈，这孩子，我喜欢！

9月14日
星期四　多云转晴

"黑色"星期四，早读加四节连堂课，呵呵，爽！

"大型泥石流是相当可怕的，伤亡也很严重，不久前深圳、四川的泥石流都震惊了全国……咦？我怎么讲到这里了？"

不小心地一瞥，我看到投影屏幕上的几个大字——《雨的四季》，可我却在讲不久前九寨沟发生的地震。见我这么一问，听得正带劲的孩子们一怔，然后大笑，"老师，你扯远了！哈哈！"

"你们知道吗？"我故作严肃地说，"一个不会东拉西扯的语文老师不是好的语文老师！"

"噗……哈哈！"我越严肃，他们越是笑得大声，"老师，你太自恋了吧……"

"是自信！"我更加严肃地纠正道，可他们一点儿都不买账，自顾自地笑起来。

"泥石流的发生通常和大雨有关，尤其是连续几天的大雨最易引发地质灾害，而夏天的雨虽然雨势大，但却短暂。看我们的课文就是这样概括夏雨的特点的。"我一口气说完，然后傲娇地一笑，"看，我虽然扯得远，但也兜得回来吧！"

台下好几个孩子竖起了大拇指，哈哈，我就是那么厉害！

9月15日
星期五　晴

无惊无险又到了周五，这周过得还真是挺快的！

开学第三周结束了，说实话，我已经基本适应了班主任的工作了。（是的，毕业后连续当了好多年的班主任，那时对班主任工作已驾轻就熟了，然后休息了一段时间，之后又做回班主任。）其实，有些技能，一旦掌握了，是随时可以上手的。

当班主任最大的心得是，培养学生的自我管理能力很重要，这个能力一旦培养成了，那可真是不得了了。一方面，对孩子本身来说，那可是一项受用终身的傍身绝招；另一方面，班主任和科任老师的工作就会轻松得多了。哈哈，一举两得、一箭双雕之事，何乐而不为呢？

有些老师当班主任当得身心俱疲，天天目不转睛地盯着学生的一举一动，生怕有什么闪失，累不累啊……这样带出来的班级，班主任在的时候个个都是乖乖仔、乖乖女，班主任一走就跟在菜市场似的，个个都放飞自我。唉！班主任累，学生调皮，家长也会有意见，完全就是吃力不讨好。

你说我偷懒也好，说我管得太松也罢，我始终遵循一条原则：他们已经长大了，可以管好自己。当然，作为班主任，刚开始还是要帮助孩子培养自我管理能力的，我能做的是引导、鼓励和监督，必要时辅助以一定的奖惩，只需两三周，孩子们基本能养成自我管理的习惯。虽不敢说他们一直能做到尽善尽美，但老师只要稍稍提醒点拨，他们就会明白自己还有哪些地方需要改进，并且懂得身体力行。这样的孩子，你说棒不棒呢？

开学半个月了，我觉得我班里的孩子都在很努力地养成自我管理的习惯。加油，孩子们！

9月18日 星期一 晴

今天有位家长和我反映了一件事情：班里有学生和阅读课老师发生了矛盾，老师罚全班抄书，引发全班同学的抵触情绪。

家长再三交代我不要告诉孩子们是她把这件事透露给我的，我答应了，可是我内心是委屈的。

开学第一天，我就和孩子们说，在学校里，我就是他们的亲妈，我是他们最亲的人，他们无论有什么事情，都要和我说，尤其是遇到困难产生矛盾时，我可以协助他们解决。可是，这次的事竟然没人和我说。

其实，我在班级QQ群里发现了点儿苗头的。可能很多孩子不知道我也在群里，所以周末我看到他们在商量要不要写老师罚抄的内容，有个学生问要不要把这事告诉班主任，另一个学生马上表示反对，还说："老师一开学就说我们上了初中要适应新的老师和新的学习，不能让老师来适应我们每一个人"……当时我虽然不了解事情的具体情况，但是我不想贸然在群里发言，我希望有人能主动和我说说这件事，我觉得我应该是值得他们信任的。可是，直到今天也没有学生和我说，反而是一位热心的家长告诉我，这让我有点难过。

我打算明天抽空在班里说说这件事，并且我希望以此建立他们对我的信任。

9月19日
星期二　晴

我一早回到学校，首先把周记仔细翻了一遍，然后眉头紧锁，大步走向教室。

"今天，我很生——气！"我特意拖长音并重读。台下一片愕然，齐刷刷地坐端正，连手也规规矩矩地放在桌面上，人人面色凝重。此时，我却……有点想笑……不！我要严肃点！

“开学第一天，我就和你们说过，”我严肃的样子可能真的有点吓人，因为我看到台下有人在抹汗水，“在学校里，我就是你们的亲妈！”“噗……”台下有人强忍着笑出声，“虽然我看着像十八岁，但是……”他们终于忍不住，一阵哄笑，“但是其实我才十六岁！”我仍一本正经，下面却早已笑翻了天。

“你们知道，我为什么生气吗？”我眉头紧锁。教室里的笑声戛然而止，台下一张张稚嫩的脸庞上都挂着一个个问号。

“上周四阅读课，有同学与老师发生矛盾，还牵连全班同学一起罚抄书。”孩子们一副恍然大悟的样子，“可是，我今天才知道这件事！”我的确很生气。

“事情发生后，为什么你们没有立马告诉我，班长呢？科代表呢？还有当事人，你们为什么没有一个人来和我说说这件事？”我越说越气，气死我了，这摆明就是不信任我嘛！说好的女王呢？说好的亲妈呢？

“其实……我……”班长欲言又止。

“小邹，你来说说，作为班长你当时怎样想的？”我深知，知己知彼，百战不殆。

“老师，其实下课我是想去和你说的，可是我又怕……”

“怕啥？”

“怕你会批评我们，怕阅读老师向你告了状，然后你就先入为主地认为是我们错了，我们也怕阅读老师知道我们告状了，到时……”

可怜的孩子！是的，他们的担忧不无道理，此时，我感觉他们就是弱者，受了委屈却还无处申冤，小小年纪却顾虑重重，而我，作为本该是他们最亲近、最可信任的人，却在关键时刻没发挥作用，我内心也是难受的。

我整理了一下思路，严肃地说：“你们做错了事，我当然会狠狠地批评你们，但如果错不在你们或者双方都有过错，我也绝不会偏袒任何一方的。”我这话一说完，孩子们竟然鼓起掌来，真有种地下党找到组织的感觉。

“我说过，只要不是犯法的事，不管你们做错了什么事，只要勇于承认并决心改正，我都会原谅你们的！所以你们在学校发生任何事情，都应该第一时间找我！”看他们绷得紧紧的小脸蛋，我又有点于心不忍了。“你们来找我，我肯定会把你们臭骂一顿！”台下一片窃笑，“然后，我会原谅你们并协助你们解决问题。”

看着他们眼里的感动和信任，我觉得自己又打赢了一仗。

（和阅读老师的矛盾，我不想细说了，只能说双方都有责任和过失。这些也不是问题的关键所在，重点是我这个新鲜的班主任俘获了孩子们的心，哈哈！）

9月20日
星期三　多云

今天下午第一节课，我去教室巡堂，刚走到教室后门，英语老师就跑过来和我说：“这个家伙，刚才差点在楼梯间和人家打起来了，你把他带出去看看是怎么回事！”说完，把后排的小潘拉到我面前。我示意小潘和我一起去办公室。

来到办公室，小潘很局促，额头上豆大的汗珠接连往下掉，我让他坐在我旁边，看着他。

“怎么回事？”我声音不大。

他低头不语。

“你和人打架？”我采取了“挤牙膏”的方法。

“没。”他倒是干脆利落。

“那刚才在楼梯间干吗了？”

“他叫我道歉。”

“为什么要叫你道歉？”

“因为上周和他打架了。”他把头扭向了另一边。

“你和他是小学同学吧？你们很熟吗？”

“嗯，以前经常一起玩，隔壁班的。”我感觉他的答案内容开始丰富了。

“那说说上周你们之间发生了什么事。”我仍然轻声细语。

“上周放学的时候，我在门口碰到他，就拍了一下他的帽子，然后他就打我，我也打了回去。”

“你们就这样打了一架？”我有点无语，只能说初中生的世界我不懂。

“打了一下子而已，一分钟左右……”他慌忙解释。

“那刚才是怎么回事呢？上周打得不过瘾，要再来打一架猛的吗？”

“不是，他的同学叫我向他道歉，我还没来得及回他，英语老师就来了，把我们都打发走了。”

“那我挺好奇的，如果英语老师没来，人家让你道歉，你打算怎么回他？”我看着他那汗珠都快落进嘴里了，连忙给他递去两张纸巾。

“我就打算和他道歉的，毕竟是我有错在先……”他又低下了头。

“好，你还挺懂事的！”趁热打铁，我翻了全年级学生名单，找到了那位同学的名字，然后立马跑去他所在的班级，把他请到了办公室。

那男生个子小，看模样不像是很调皮的。我叫他来让他很紧张，当我把事情和他简单说了一下后，他眼睛立马红了，颤抖着向我诉苦：“老师，他用力拍我的帽子，还用手掐我的脖子……”

“我知道，小潘已经向我坦白了，你们之前也是同学，而且他其实只是和你开玩笑打招呼，并不是真心想打你的，他只是没有掌握好力道，你就原谅他吧！”我安抚那个小男生。

回到办公室，我把男生带到小潘面前，对他说：“小潘，同学我帮你带到了，你怎么说？”

小潘忸怩忐忑得不知所措。

我转向那个小男生：“我们小潘啊，你别看他长得帅，其实年少无知还挺幼稚的，你就大人有大量不和他计较了好吗？”我拍了拍小潘，“到你说了！”

“对不起。”小潘声音很小，但可以听清。

“没关系！”那小男生倒是很大气。

“好啦，我们都不纠结这事了，好吧？既然已经‘对不起’‘没关系’了，那我们就不再提这事了，翻篇了啦！”我小结道。

“嗯！”

末了，我再次叮嘱了小潘，此事翻篇。

9月21日
星期四 晴

我今天一大早就赶到学校了，因为语文单元测验要利用早读课和第一、二节课的时间。

试卷发下去之后，大伙儿立马神色凝重地紧紧盯着卷子，笔在手中飞快得晃动，一个个汉字犹如一朵朵绽放的莲花，美极了。

趁着他们忙于答卷，我终于有机会好好打量一下这群家伙了。开学三周多，我能叫出名字的学生屈指可数，瞧瞧我这记性啊……对了，干脆利用这个时间来安排一下班级分工吧！按照以往的经验，我打算把班级的所有大事小情都细分到全班每一个人身上，以此增强他们的主人翁意识和集体荣誉感。

我先把学生姓名按座位抄了一次，然后认真地把名字和脸蛋对了一次，班长、副班长、纪律委员、劳动委员、文宣委员和组长。其中单单组长，就包括大组长、语文小组长和英语小组长一共16人，这分工，够细致了吧！

接着安排科代表，除了已有的语文、数学、英语3位科代表之外，还得补充政治、历史、生物、地理、音乐、美术6位科代表。对于科代表的选拔，我不太注重成绩，而更看重他们的责任感。其实不仅科代表，所有班干部都是如此。责任心重的人，即使成绩暂时不理想，班干部的活他们总是能干得很好的。

想到纪律和劳动是班级工作的重点与难点，我决定再增加2位纪律委员和4位劳动小组长，毕竟单位越小、人数越少，越好管理。

安排完这些后，我发现还有10位同学没有安排职位，灵机一动，班级还有很多看似琐碎却很重要的事情，也得分工明确到个人，这样操作起来更便利。于是，我找了5位坐在前排的男生负责每节课讲台的卫生，关灯、关风扇和关门都找了专门的同学来负责，还有教室后面的学习园地，我也安排了几位有绘画、书法专长的女生负责。

好了，全部安排妥当，保证人人有工作，事事有人干。希望一切能按照我期待的，有条不紊地进行，加油！

9月22日
星期五　阴雨转晴

今天上午我没课，改了一上午的试卷。先把作文改完了，意外发现这些家伙们的文笔还挺不错的。果然有他们班主任的风范啊，哈哈！可惜，才沾沾自喜了两秒钟，打击来了——阅读理解扣分好严重！我一直以为，作文写得好的学生，阅读理解也差不到哪儿去，可是，这个观念今天被他们颠覆了……有点无语，还好基础部分可以看出他们上课有听课，课后有复习。

下午上课，我先宣布了全班同学的分工，第一个宣布的是负责在教室关灯、关风扇的小赖。我一宣布完，全班同学报以热烈的掌声，大家都发自内心地祝贺他找到了一份“好工作”，真是一群热情又单纯的孩子。之后，我公布了5位负责讲台保洁和电脑开关机的同学，一周五天，每人轮值一天，关键是，只有这五位同学能碰班级电脑和讲台上的粉笔，其他同学可是没有这个权利的哦，这一点让这5个孩子感到很自豪，仿佛拥有了女王加赐的特权，而其他孩子也无比羡慕地鼓起了掌……

整个分工宣布过程，在娃们热烈的掌声中圆满结束。每个人都分到了一份工作，有些工作看似琐碎，甚至很多人可能会不屑于去做，但是，因为分别拥有了“女王”加赐的特权，就立马变得“高大上”啦！哈哈！我这小心机啊……

下周班会课，我还要再强调一下大家的工作，希望未来的班级管理工作会更有条不紊地进行。

9月25日
星期一　晴

美好的周一。

班会课上照例由班长小结上周的班级管理情况，班长小邹义愤填膺地讲起在她管理班级过程中，某些同学不服从管教，甚至恶意顶撞她，并且点了小刘的名字。小刘的态度依然不好，明明自己做得不好还要强词夺理，甚至还调侃班长。小邹气得脸都涨红了，好些同学抱着看笑话、凑热闹的心态在起哄，而小刘则越发扬扬得意，只在看了我一眼，发现我脸色很差、表情很严肃时才心虚地收敛一点。

小邹还想和小刘辩驳，我阻止了她，并大声对全班说：“班长做得对，管得对，以后谁不服从班长管教那就是和我作对，我会找他算账的！”没错，一下课我就把小刘叫到办公室去“算账”。

“刚才你和班长争，你是觉得你在理了吗？”我板着脸问。

“不是。”他全然没有了之前的傲气。

“班长管你管错了吗？冤枉你了吗？”我提高了音量。

“没有。”他低下了头。

“那你刚才还狡辩什么？你不服班长的管教吗？理亏的是

你，你还一副理直气壮的样子，完全不把班干部放在眼里，那你是不是也不把我这个老师放在眼里？”我越说越气，音量也有点不受控制了。

“不是。”他双眼泛红，泪水在眼眶里打转，大概是被我的样子吓到了吧。

“刚才在课堂上我忍住不当众狠狠地批评你，那是因为我想给你留点面子，所以叫你来办公室说。但是，我希望不要有第二次，知道吗？”我降低了音量，平复了情绪。

“嗯嗯。”他拼命点头。

说实话，像小刘这种有点小聪明，却又控制不住自己、把握不了分寸的不成熟小男孩，他即使现在有悔改的意思，过两天很有可能会“旧病复发”的。对于他这种有典型代表性的初一男生来说，除了盯紧再盯紧、提醒再提醒之外，我还真没想到更好的办法呢！

9月26日
星期二　晴

36℃高温天气，骄阳似火，敢情这是“秋老虎”来了吧……

早上第二节课才有我要上的课，早读课完后我就在办公室里吹空调了。呵呵，还别说，这大热天在空调房里就是爽啊！心情不错的我随手拿起了这次语文测验的成绩单，又把分数美美地看了一遍：120分的卷子得96分以上有24人，刚好半数，平均分也达到了94.3分，我感到挺满意的。

正当我陶醉在喜悦之中时，数学老师站在我背后，幽幽地说了一句："哟，你在看成绩啊，正好，我这也有一张。"说罢，幽幽地递来一张成绩单，一排"辣眼睛"的分数让我猝不及防：12分、31分、26分、15分……

"满分……是50分吗？"我怯怯地问。

"100分！"数学老师仍是幽幽地答着。

我眼前一黑，差点晕倒。揉了揉眼睛，我又看了看语文分数：115分、108分、112分、105分……全班最低的，也有60多分啊！这……这不科学！

目送数学老师无奈的背影，我在心里怒吼："为什么？为什么？"

第二节课正好是我的课。我心事重重地走进教室，在讲台上站了好一会儿，才说："刚才我在办公室欣赏你们的语文成绩单，感觉充满希望的时候，数学老师递给我一张数学成绩单，犹如晴天霹雳！说实话，当时我是很心灰意冷的。"看我说得如此沉重，台下安静得诡异。

"这样的数学分数，你们做何解释呢？"我望着他们。

"我以前真的没考过那么差的……"

“我也是！”

“以前数学再怎么不好，至少也有七八十分的……”

…………

“好了！”我制止了他们的抱怨，“这个分数是你们自己考出来的真实水平，代表了你们进入初中这段时间的学习情况。初中的学习和小学是不同的，要调整好学习状态，掌握正确的学习方法，尤其是上课的效率要提高，遇到不懂的问题要及时弄明白，否则日积月累，落下的问题就会越来越多，成绩自然越来越差。”

他们很认真地听着，还若有所思的样子。

“虽然我教语文，但我不得不告诉你们，真正能拉开差距的科目是数学和英语，这些科目的分数一拉就是几十分！所以，你们必须花更多时间在这些科目上！一次考不好不代表你们永远学不好，你们要激励自己，努力学习，争取下次考高分！”谁说我不在乎你们的语文成绩啦，我只是不担心你们学不好，这不有我吗？哼！

好了，大道理不能说太多，留着让他们自己好好反省反省吧。

9月27日
星期三　晴

我一早回到教室，就看到这群可怜的孩子，桌子上放着牛奶、面包、肠粉之类的五花八门的美味早餐，然而嘴里叫着“好饿啊！”“要饿晕了！”……是的，今天体检需要空腹，更可怜的是，我们班安排在今天早上的最后一场，估计得到10点才能开始，抽完血之后才能吃这些诱人的早餐。

终于，熬完饥饿的两节课，孩子们欢天喜地地拎着早餐去楼下大厅抽血去了。来到大厅，才发现除了抽血还有很多其他项目，测视力、量身高、测体重、测心率及血压，队伍排得最长的，还得算检测肺活量。这群可怜的孩子，饥肠辘辘地使尽了吃奶的力气，有些也只吹了1000多毫升，检测的医生都笑他们连二年级的小学生都不如……唉……

大概是真饿了，加上从未做过这种检测，小甘连吹10次，还没能突破1000毫升，连医生都放弃了，对她挥挥手，望着我说：“老师，你看她吹了10次，最高是980毫升，没办法了。”我也很无语，小甘却不愿放弃，可怜兮兮地对医生说：“再给我一次机会嘛，我最后再试一次！”

看她实在委屈，我也说：“好了，你最后试一次啦，后面还有很多同学排队的哦！”我帮她拾起管子，“深吸一口气，然后全部呼出来，别太快！”说真的，我都替她着急。

只见她深深地吸气，然后对着小罩子吹气，小脸都憋红了，脖子上的青筋都暴出来了，可是没一会儿气就用尽了……我一看那仪器：968毫升……好吧，我拍拍她的肩，把她带离队伍，她看起来有点伤心，我指了指她手中的面包，说：“你的早餐，看起来不错哦！”毕竟是小孩儿，在我的提醒下，仿佛瞬间忘却了不快，抱着面包开心地啃了起来。

这样的活动，也算是枯燥的学习生活中的一点调味剂吧……

9月28日 星期四 晴

每周四都是最难熬、最痛苦的日子，七点半早读，接着是四节连堂课，中间还有个大课间要去操场看操……真的有点吃不消。主要是我讲课和别人有点不同，别人的课一般讲练结合，老师会轻松一点，而我，每节课都像“百家讲坛”一样，自己讲得津津有味，孩子们也听得兴趣盎然。四节课下来，几乎要失声了……

因为早上出门早，来不及吃早餐，所以逮了个课间十分钟来吃。刚打开饭盒盖子，就感觉背后一阵凉风，不用回头都感到“杀气重重”。

“老师，我要投诉！”

“对呀对呀，我们也要告状！”

…………

我默默地盖上饭盒盖子。头有点发晕……

“慢慢说，一个个来说。”

“老师，我要投诉，某些班干部自己老是上课讲话，还有上课唱歌的！”

“就是，他们的‘官’都很大的，我们还管不了他们！”

“上正课他们都敢讲话、唱歌，自习课什么的就更加乱来了！”

“好多同学都学他们，跟着一起讲话，班里的纪律越来越差！”

…………

我身边围了四五个人，大概因为义愤填膺，一个个说话像机关枪似的，我真有点插不上话。

“好吧，我明白你们的意思了，我一定会尽快处理这个问题的。”我话音刚落，上课铃响了。“叫那几位班干部等下上完课来办公室找我吧！”听我说完，几位热心“群众”才颇为满意地离开。

又到下课时间，我刚走到办公室门口，就碰到了班长小邹，这速度……刚想夸她来得早，才看到副班长小丘、科代表小雷和纪律委员小伍都已经到了。熬完四节课，说实话我已经不想再多说一句话了。

“知道我叫你们来干吗？”我瘫在椅子上。

…………

“你们是我最信任的班干部，担任班里最重要的职务。”我不想拐弯抹角了，“可是，你们做得怎样呢？上课讲话、唱歌、嬉笑打闹！我选你们做班干部，是希望你们协助我一起管理班级，可你们连自己都管不好，还谈什么管人家呢？”我音量逐步提高，他们低下了头。

“我不愿意在班里批评你们，因为你们是班干部，我希望你们都是有威信的班干部，如果我当着全班同学来批评你们违反纪律，那你们以后怎样去管别人？别的同学还有可能听你们的管教吗？”

“你们真的让我有点失望，但我还是想再给你们一次机会，我相信你们只要愿意，是一定可以管好自己也管好其他同学的。”

他们默不作声，我知道他们听懂了我的话，也很清楚这些话的分量，所以我不打算再啰唆了，其实我也实在没有精力去啰唆了。

“接下来，就看你们的了，嗯？”我简洁地说出了结束语。

“嗯！”他们像是下定了决心。

好吧，接下来，就看他们的了。

9月29日
星期五　大雨转多云

下午语文课，让孩子们四人一个小组交流讨论，分析课文中人物的个性，我要求每个人都必须在小组内发言。这让他们很兴奋，立刻转身凑在了一起，教室里的音量也立刻增大了许多。我站在讲台上，先是扫视了每一个小组，心中颇为满意，那场面真叫一个热火朝天。

论声音，要数第十小组音量最大了，活泼的小雷抢先第一个发言，那认真的模样特别可爱。轮到组内其他同学发言时，小雷就不老实了，一会儿打断别人说话，一会儿摸摸后面小邱的脑袋，这个调皮鬼！

相邻的第九组反差却很大。这一组由两个文静的女生和两个腼腆的男生组成，每个人说话的声音都是细细的，而且，看得出来每个人在发言时都颇为紧张，小脸蛋都红扑扑的。

“好啦！”我话音刚落，孩子们立刻停止讨论坐好了，“我要请同学来讲讲咯！”

“我来！”

“我！”

…………

哟，看来讨论效果确实很不错哦。

“小戴，你来谈谈吧！”我叫了坐在前排的一个很内敛的女孩，“你觉得刚才你们组谁说得最好？”

或许没料到我会这么问她，她怔了一下，指了指坐前面的小苏：“他！”

“好，那我想听听小苏是怎么分析这个人物的！”我望向小苏。

“啊？”小苏一惊，像是莫名其妙中了头等奖的表情，很是害羞地把头埋到桌子下面，笑容相当羞涩。不过，他也是个小男子汉，很快就笑着站了起来，很流利地阐述了自己的观点。

“嗯！果然很不错！”全班报以热烈的掌声。这也是我特别欣赏的一点，不论大事小事，只要回答得精彩，或是表现得大方，我们班的孩子都特别喜欢用掌声来表达对同学的赞美之情，而且这种行为完全是自发的。真是一群单纯又善良的孩子。

虽然他们有时会互相告状，也有一些调皮、偷懒的家伙，但是，我却越来越觉得他们可爱了。真的，我发自内心地这么觉得。

9月30日
星期六　晴

收到“线报”：小伍对小潘有点“非分之想”。证据：小伍在手掌上写了小潘名字的首字母。小伍是女孩，小潘是小帅哥一枚。而且，据了解，此事班里多数人都知道，因为小伍除了在我的语文课上表现得比较矜持外，其他时间课上课下都毫不掩饰对小潘的欣赏。

我得好好检讨一下，为啥我的语文课就让人家不敢表露“真情”了呢？……哦不！为啥我竟然如此后知后觉呢？想当年我可是号称“小福尔摩斯”的啊，比猎狗的鼻子还灵敏的嗅觉，总能第一时间察觉风吹草动，可现在……唉，将勤补拙吧。我先找来了小潘。

“帅哥，你最近有没有什么思想状况要向我汇报啊？”小潘算是我这儿的常客了，我们几乎每天都有交集。因为比较熟络，我就不想和他兜圈子了。关键是今天补了周四的课，我从早上7点半到12点全是课，呜呜……

“没有啊……”他一脸茫然。

“听说有女同学对你……”我笑得一脸狡猾。

“噗……也没有啦……”他立马害羞得扭过头去。

“我不和你拐弯抹角了，你告诉我你的想法吧，你对她的想法。”我止住笑。

“我可没有想法！”他倒是很坚决。

“好，那我明白了，希望你现在没什么想法，如果以后有想法也建议你要三思哦！”我匆匆结束了和他的谈话，赶回了教室准备上课。至于小伍，我打算用大课间做完操后的时间找她来聊聊。

“小伍，你对小潘……是怎么回事啊？”小伍是个爽朗得近乎泼辣的姑娘，所以我仍然开门见山。

“哦，我是有些崇拜他啊！”她倒也不掩饰。

“你手上写着人家的名字，上课别人回答问题你就大喊帅哥……这样是不是有点过火了啊，小潘可不是明星哦。”

小伍竟然有了一点点害羞的神色。

“你的这种表现有些过火了，有没有考虑过别的同学怎么想，尤其是你有没有考虑过当事人又是怎么想的呢？”我继续问。

“没有。”她还算坦白。

“你这样直接表达对小潘的喜爱，你这是想干吗呢？”

“老师，”她急忙解释，“我可没有想早恋！”

“其实，你们这个年龄，有喜欢的异性那是再正常不过的事了，别人也无权干涉你的喜欢。但是，你的喜欢如果对别人造成了困扰，那可就不好了，对吧？”我放缓了语速。

小伍回味着我的话，默默地点头。

“你看看其他人，他们心中也有喜爱的人，但他们没有每时每刻都把喜爱的人的名字挂在嘴边，写在手心。因为有些喜爱，只适合放在心里，偶尔想一想，这是自己心中的小秘密，无须和大众一起分享的。你是个聪明的孩子，肯定能明白我的话，对吧？”

“嗯！老师，我明白了！”她很爽快地答应了。

“好！那回去准备上课吧！”

我也要准备再“战”两节课，然后结束国庆长假前的收尾工作。

第二辑

十月金秋　层林尽染

10月9日
星期一　晴

长假过后，我整个人还处于慵懒状态，一大早回校都还有一点点迷糊。

今天班里来了个实习老师，叫小王，心理学专业的，来实习班主任工作，是一个小个子的小伙子，感觉和班里的孩子能打成一片。

下午第二节自习课，我带上小王老师一起去教室，这群好奇心满满的孩子目光一直跟着小王，猜测他的身份，我笑着为他们解开谜团：“给大家介绍一位新来的实习班主任——小王老师！”这些孩子们很热情地鼓起掌来。

“老师，那你呢？你怎么了？”还好他们没有忘了我。

“我还健在！”我随口一说，全班哄堂大笑，“这是小王老师，我是‘女王’老师！”我故作骄傲的样子。

“哦哦，你还在那就好！”

“小王老师几岁了？”

“小王老师来实习多久？”

“小王老师，到时候你跟我们一起去军训吗？”

……

这群孩子真是好奇心爆棚，七嘴八舌地问个不停，小王老师在一旁苦笑着不知该先回答哪个问题好，我也挺无奈，不过我也不愿去扼杀他们的这份童真，八卦就八卦点吧！哈哈……

小王老师挺负责的，向我问清楚了班主任的具体工作之后，便信心满满地回到自己的座位工作了。从他身上，我仿佛看到了当年的自己。

好了，来了个实习老师，又有得让这群娃兴奋的了！

10月10日 星期二　晴

寒露都过了，这气温还天天35℃以上，还让不让人穿秋装了？广东的夏天真的太霸道了。

今天有让孩子们兴奋的一单元一度的“小老师小课堂”，我走进3班的教室，他们照例在进行课前三分钟读书。

这个班的孩子学习成绩平平，甚至有些同学对某些科目还有抵触厌学情绪，家长也多半疏于管教，或者有心无力。对于这些学习相对困难的学生来说，我认为分层教学的安排还是很合理的。作为老师，我们在上这种班级的课时，通常会在讲课进度上稍做调整，尽可能讲得较慢些、较细致些。我站在讲台上，环视一周，说实话，对于一会儿他们班的小老师讲课，我心里还是没谱。想起上个单元，好不容易叫上来的学生（是的，硬点名叫的，因为没人自告奋勇）走上讲台，要不一言不发，要不语无伦次，台下也是一片嘲笑……想到这里，我几乎要放弃了。

"老师，今天是我们给自己讲课吧？"讲台旁带读的科代表小吴探着脑袋问我。

"嗯……"我还在犹豫。突然发现教室的读书声停了下来，全班学生望着我。

"老师，今天是我们讲课啊！"前排的小个子很兴奋地喊着。

“好！”难得积极性那么高，“今天我们哪位小老师来讲课啊？”我问道。

“我来！”

“我准备了一晚上呢！”

竟然有两位同学主动举手！我请了小罗上台。上次小罗也讲了，讲得那是一个乱啊，小老师思路乱，下面同学更是乱作一团，这次我倒要看看他的表现如何。

“好！开始上课！同学们先把课文读一遍，《金色花》预备——起！”小家伙讲得有板有眼的。

今天台下的同学也很配合，认真地读书，还很积极地举手回答问题，真是棒棒的。

当然，可能因为学生基础不是非常好，所以表达能力也一般。但是，我觉得他们的进步已经相当可喜了，而且孩子的胆量与成绩并没有太直接的关系，充分的准备可以让他们更加自信，同时培养了他们自学的能力，并让他们提高了对学习的兴趣，这些都是我们平时在教学过程中花了大力气，但改善效果却不明显的问题。虽然“一口吃不出个大胖子”，但我觉得，只要他们在进步就行，哪怕每天一点小小的进步，都是前行时振奋人心的动力。何况，日积月累，谁又敢说结局不可观呢？

10月11日 星期三 晴

我今天第一节课就发火了。

原因是科代表把作业登记的名单给我看了。开学到现在，几乎每天，语文作业总有人没交。是的，语文作业，我是语文老师兼他们的班主任，我布置的作业竟然一直有人不交。之前科代表总是在课后才和我说，所以我一直没机会在班里讲这个问题，只是在课后分别找到这些同学，然后听他们讲各种理由：课本没带回家，作业写完忘记放书包里了，忘记写练习册了，有几道题不会写……

我先是很凶地来了一句：“你们究竟是来学校干吗的？”一下就镇住了全场。大伙不由自主地坐端正，眼睛瞪得大大的。

“每天都有人不交作业，每天！你们是来学习的吗？而且还是我布置的语文作业！你们这是什么意思？”我越说越气，音量也越来越高，“完成作业是学生最基本的任务，更别说每天该有的预习和复习了。这样下去，你们的成绩只会越来越糟糕！”

台下静得可怕，我都差点被自己的声音给吓到了，而且可以想象，我的脸色一定很难看。

“昨天我只布置了预习古文、疏通文义的作业，还有6个人没做……”

“还有小老师布置的作业呢！”前排的小陈低声说道。

“对了，昨天上课的小老师也布置了作业，那你们交了吗？”我想起了，昨天是小老师上课，课后也布置了一些作业。

“全交齐了！”科代表小甘回答道。下面开始有学生在笑，更多的是强忍住笑。

“你们这是什么意思？小老师布置的作业你们全交齐了，我布置的作业你们就不用交了吗？”我那个气啊，气得我都快笑出声来了。

台下终于忍不住爆笑了。我悻悻地收拾好心情，然后心生一计。

“既然我布置的作业你们不爱做，大家都喜欢做自己的布置作业，那好！”我顿了顿，台下又是一片死寂，个个伸长脖子等我的下文，“从今天开始，按学号排序，你们每人布置一天的语文作业。”我话音刚落，台下立刻炸开了锅。

“真的假的，老师是在逗我们吗？”

“自己布置作业挺好玩啊！”

“那是不是我们可以随意布置呢？”

“这样肯定作业很少的啦，哈哈！”

…………

“呵呵！”我别有用意地一笑，就把他们的美梦给打破了，“每天布置作业的同学，要根据我当天讲课的内容、课程要求掌握的知识点来安排作业，务必使作业既能巩固当天所学的内容，又有一定的拓展和延伸。量也要控制好，既不能太多，也不能过少。”我很淡定地说完所有要求，再看下面，刚才兴奋的孩子们，现在一个个都成了霜打的茄子——蔫了。

“按学号排序，今天由1号布置作业。”我可不含糊，说到做到，“看你们还有什么理由不写作业！”

小家伙们，我还治不了你们？哼！

10月12日
星期四　多云

终于等到降温了，清爽的空气吹走了一上午全是课的疲惫。

大课间本来有半小时的休息时间，不过我约访了一位问题学生的家长。小杨是班里的“学习困难户”，各科老师都“投诉”他成绩拖后腿，当然他成绩不理想也是有原因的：不交作业，上课睡觉，一天到晚只顾着玩游戏。这种问题通常出现在家长监管不到位的家庭中，所以我约了小杨的妈妈过来谈谈。果不其然，小杨的父母开着一家饭馆，平日大多数时间都花在饭馆的经营上，早出晚归，孩子基本完全靠年迈的奶奶照顾，奶奶倒是能保证孩子的温饱，但是，除此之外不能更多了……

这种情况在我们学校其实挺普遍的，不排除有个别这种家庭的孩子特别懂事，自己能管理好自己，依然能品学兼优。可是，这只是个别案例。毕竟年纪还小，自控能力都很差，孩子主要还是要由父母监督管理的。于是我向小杨的妈妈提出了要求，希望家长能监督好小杨在家的学习，保证孩子能完成每天的作业，同时替小杨保管好手机，周末才能让他玩一下，小杨的妈妈也答应了。

送走了小杨的妈妈，我瘫在椅子上，感觉无比心累。

“老师，我这次英语考试进步了哦！”一阵爽朗的声音响彻了整个办公室，我回头一看，是小雷在我身后兴奋地喊着。

“进步啦？”我笑着轻声问。

“对啊！上次我考了80多分，这次考了90多分呢！英语老师都表扬我了！”小雷笑得合不拢嘴。

“那很好啊！”我衷心替他高兴，不过因为累，我有点兴奋不起来。

“老师，”他狡猾地笑着说，“那你是不是要奖励我一下啊？”

“你这家伙！可以啊，你想要什么奖励？”我被他逗乐了。

“我……嗯，我想想要什么呢？哦对了，我就要吃的吧！”这个小吃货。

我从抽屉里拿出一包小零食给他：“好！奖给你的！”

“啊！真的有啊？”他很意外，笑得更灿烂了，“太好啦！谢谢老师！我要马上拿回教室炫耀一下！哈哈！老师奖给我的！”说完一阵风似的跑了，在办公室门口碰到一个同学，我便能想象到小雷得意地晃着手中的零食大喊道：“这是老师奖励给我的！哈哈！只有我有哦！”

这个小家伙！我忍不住笑了，收拾好书本教案，站起来，走向教室……

10月13日　星期五　多云

中午太阳露了个脸，气温立刻有所回升，我很不明智地穿了短袖和短裤，想着下午要上课不会冷，没想到刚上完第一节课就北风大作。我咬咬牙顶着一头风中凌乱的发型走进我们班教室，隐约听到下面有人窃窃私语：“老师穿那么少！”“对啊，还穿短裤哦！”小丘坐在教室后排轻呼了一句：“老师，您不冷吗？”

我没理他，因为我冷……

上课了倒还好，因为讲话也要用力，而且教室前后门窗都紧闭，我竟还出了些汗。

今天周五，愉快地结束了本周最后一节课，我大步迈出了教室。哇！顿时打了个激灵！呼啸的北风迎面扑来，无暇顾及飞舞的头发了，我把手插进了裤子口袋，缩着身子，这风……真够大的！

“老师，您冷不冷？”小丘跟在我后面喊。

“……”我回头望了望他，还没想好怎么回答他。只见他麻利地脱下校服外套，往前一甩，披在了我的身上，自己穿着一件短袖，望着我傻笑。顿时，我感到了穿透心窝的温暖，不只是因为衣服上带着小丘的体温。

"我不冷呢！"我笑着对小丘说，"上课上得都出汗了！"我取下外套，披在了他身上。

风，越来越大了，但我真的不觉得冷了。

10月16日 星期一 雨

今天课间，英语老师怒气冲冲地向我投诉，说班长和纪律委员上课老是讲话，屡教不改。对于这两个家伙，说实话我也挺无奈的。

一转眼的工夫，俩女孩被叫到了我面前。鉴于她们最近的表现一直不佳，我决定把话说重一点。

"你们俩上课总是讲话吗？"我开门见山。

"没有，我只是问她问题……"快嘴小伍应声答道。

"你们俩上课总是讲话吗？"我又问了一次。

小伍是个很机灵的孩子，这次她没有作声了。我望了望小邹，她还一脸无辜地看着我，分明刚才走神了。

"你们俩上课总是讲话吗？"我第三次提问，表情很严肃。

“是。”

“不是，”两人同时答道，“是她问我问题，我就是回答了一下，然后……”

小邹还在分辩，可我实在听不下去了，很不礼貌地打断了她的话：“我问的是，你们俩上课经常讲话吗？”

两人都不作声了。

“你们俩，一个是班长，一个是纪律委员，我很看好你们，觉得你们有能力胜任工作，所以对你们委以重任。可是，我现在开始怀疑是不是自己看走眼了。”我的语速很快，情绪也有点激动，“我真的对你们有点失望了。”

说完，我望着她们，目光在她们脸上分别停留了至少一分钟。这样的目光，或许是可以让她们不寒而栗的。

批评完之后，我还是把主动权交给了她们，如果她们能自己管理和控制好自己，同时想继续担任班长和纪律委员的职务，那可以继续担任；如果管理不好自己，那也就没有资格去管理别人了，并且如果控制不了上课讲话，我也可以帮她们调个座位。不过，说实话，我虽对她们有点失望，但仍然希望她们知错能改。

下午，我找了劳动委员小周谈话，这个孩子我很欣赏，个性沉稳，责任感强，一身正气，任劳任怨，每次劳动他都以身作则，所以我决定提拔他当副班长。他想了一下，最终愿意试一试。good boy，相信他一定行的！

10月17日 星期二 阴天

课间在走廊碰到小黄，他拦在我面前兴奋地问我什么时候去军训。这些家伙啊，果然都是爱玩的，可惜军训还没那么快，还得等一个多月呢。

“那么迟才军训啊……”刚才还眉飞色舞、满心期待，听完我的回答之后就像霜打的茄子一样蔫了。

“不过，”我故作神秘地笑着，“我有个新的消息要宣布。”

“啊？什么啊？是好消息吗？快说说啊！”他立马又激动起来了。

我可要卖卖关子，做了个手势让他跟着我走。我走进教室，小黄老实地坐回座位，还示意大家安静地听我说。

“学校运动会马上就要举行了！”我挥了挥手中的报名表，“大家要准备报名了哦！”

“哇！学校运动会！”

“太好啦！我要参加！”

“有什么项目啊？”

班里炸开了锅，我在讲台上完全成了透明人，大伙儿自顾自地讨论要报什么项目，有些还把自己当年的威风史拿出来炫耀。有些小学没有学校运动会，所以大家都很兴奋，看得出来他们对这一年一度的学校盛事非常期待。

“这张表格，我把它交给小周，大家去小周那里报名吧！”我扯着喉咙讲话才终于让他们稍稍安静点。

“咦？为什么不是去体育委员那里报名啊？小周不是劳动委员吗？”前排的小胡问道。

“小周同学担任劳动委员期间，工作认真负责，我很欣赏他，所以现在提拔他为副班长，兼任劳动委员。”我话音刚落，全班响起了热烈的掌声。我偷偷看了一眼小丘，他低着头假装在写什么。

“小丘还是副班长，这个并没有变化。”我望着小丘说，只见他深深地呼了一口气，还情不自禁地说了一句：“吓死我了……”

“好啦，大家可以去小周那里了解一下学校运动会的具体项目，然后自己选择……”话还没说完，他们就一窝蜂地涌向小周。这群家伙，又有让他们兴奋的事了。

10月18日
星期三　多云

你们是一群活泼而又阳光的孩子，心地善良，天真无邪。课堂上，对于老师的妙语连珠，对于同学的精彩作答，对于一切的美好、一切的正义，你们都毫不吝惜自己热烈的掌声。

我是多么爱你们的这一点啊！

你们的掌声，包含着你们对别人的肯定，当别人表现优异的时候，你们没有心生妒忌，而是以掌声告诉他你们的赞美和鼓励；你们的掌声，包含着你们对别人的安抚，当别人遭遇困境的时候，你们没有落井下石，而是以掌声告诉他你们的理解和支持。

我是多么爱你们，和你们的掌声啊！

每次掌声响起，我心里都会觉得感动和温暖，你们用这种最直接的方式表达你们的爱和祝福，这是多么的美好。雷动的掌声是这世上最美妙的音乐，让人无比振奋。

愿你们在人生的任何一个阶段，都铭记这掌声，都有新的掌声，别人给你的，抑或是你给别人的，让这种温暖的爱，伴随你们的一生。

10月19日
星期四　多云

今天连堂课进行单元测验。总算能看到他们安静的样子了……

我的课堂，一如既往地闹哄哄的，简直就像一个大讨论会，人人可以说，随时可以说，畅所欲言。有时他们实在太闹了，我就会故作生气，这时总有一两个调皮鬼愈加兴奋地喊：“老师，您不是说不喜欢太安静的课堂吗？”好吧，我还能说啥呢……

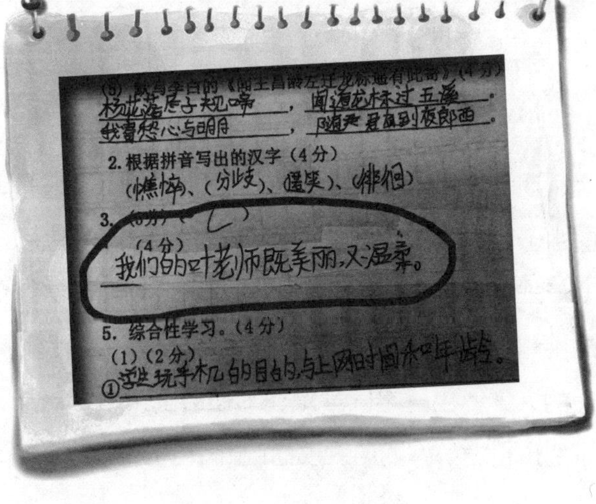

说实话，他们安静的模样我真有点看不习惯。平日最活泼的小雷，眉头紧锁，握笔的手几乎要抽筋的样子，他认真起来感觉好像大了三四岁；他的同桌小梅，是个典型的“学霸”，学习一向认真，此刻当然更加专注；连坐后排的平日比较好动的小华，这会儿也埋头在奋笔疾书呢；刚刚课间还在调侃我的小潘，此刻虽然仍坐得歪歪扭扭的，手中的笔可是没有停歇一刻；和小潘形成鲜明对比的是正襟危坐的小周，一脸正气，写字的姿势都特别帅气，他是个左撇子，做事一丝不苟的……

对他们，我真的很难发火。有时候怒气冲冲地准备去训斥人，可他们一说两句软话我就受不了了，唉……被他们吃定了。

10月20日 星期五 多云

大家期盼已久的交友大会，在今天下午的语文课正式拉开序幕。由十位同学组成的交友团将轮流上台展示自己，以演讲为主要形式，让台下的同学了解他们。台下的同学如果愿意与台上的主角交朋友的，就举手示意，主角可从举手的同学中挑选合适的人，再由这名同学阐述为何选主角为好朋友，听完之后如果主角也觉得好的话，那他们就牵手成为好朋友。

呵呵，真有点综艺节目《非诚勿扰》的意思呢！不过，爱情与友情最大的区别在于，爱情讲求专一，是以一对一的形式进行的，而友情则可以发生在一群小伙伴身上。

小周第一个上台，带给了我们很大的惊喜。平日做事严谨的小周，今天风趣幽默、妙语连珠，逗得全场笑声不断，看样子又要收获一群“铁粉”了。

只见他一脸严肃地说：“我这个人优点不多，英俊潇洒、帅气阳光、乐于助人、吃苦耐劳、任劳任怨、幽默风趣……这些都不关我事！”台下的人笑得人仰马翻。

我也由衷地欣赏他。或许他不是那种即兴发挥的活宝，但是他很用心，用心地准备了台词，用心地去记，然后用心地讲，讲出来的效果很棒哦！其实班里这样的同学很多，他们不时会给我们一个小惊喜，让我们认识一个全新的他，或者是展示他的另一面给我们。这些无论对于他们自己，还是我们，都是一个挑战，并且让他们在挑战中不断提升。看得出来，今天台下有许多同学都跃跃欲试，可惜时间有限，未能尽兴，不过我相信，以后这样的机会还是经常会有的。

晚上我把活动照片分享到了家长微信群，家长们也很支持这种活动。从照片中，相信很多的家长也看到一个和平日在家完全不同的孩子。这样就很好了。

10 月23日 星期一　晴

我今天发烧，体温39℃，头痛欲裂，好久没病得这么严重了……本来实在无力写日记，不过有几句话憋在心里，不吐不快。

病得厉害，才真切感受到当老师真是不容易。平时我总和班里的孩子们说，只要身体不舒服，就一定要请假在家休息，病好了再回来上课。可是当自己生病时却不愿意请假，当然不只是我，而是每一位老师，都会尽力熬一熬、撑一撑，因为我们一请假，就有近百位同学无法正常上课。想到这里，总会觉得内疚。是的，对于老师来说，生病也是一种“错”，虽然有不可抗拒的因素在里面，但却导致了那么多学生上不了课，这个责任应当由老师来负。

心怀愧疚地，我病着……

10 月24日 星期二　晴

终于，我今天请假了，实在撑不住，抱歉。

10月25日

星期三　晴

一早起来，状态一般，量了下体温，37.8℃，觉得还能上课吧，就直奔学校了。

走进校园，看到我们班一群孩子在校道旁的花圃打扫卫生（那里是我们班的包干区），见我缓步走来，小张和小黄很兴奋地大声喊道：“叶老师回来了！叶老师回来了！”

我望着他们笑了笑。

“老师，你的病好了啊？”小张笑眯眯地问。

“没有！”我说的可是实话，“所以你们不准气我啊！”

“好！我们都乖乖的！”这些家伙的小嘴简直像抹了蜜。

我回到办公室，瘫坐在椅子上，感觉有点虚弱。

“老师，”冷不丁地，一个男中音从身后传来，把正在走神的我吓了一跳，“你病好了吗？”是副班长小丘。

“没呢。”我有气无力地回答他。

“那……你要多注意休息啊。这个……我就先不给你看了。”他把本子挪开了，当然还是在我的视线范围内。

我示意他把本子拿给我。上面登记了一串违纪同学的名字……

说实话，这个时候我真的没有太多精力处理这些事情，但是我也不想打击班干部的工作热情和积极性，于是让小丘把那几个家伙叫上来。

两女三男一字排开在我面前站着。显然他们已经知道我为什么叫他们来了，都低头不语。

“你们几个考试都在讲话啊，”我的声音很小，他们大概也看出了我今天是不可能劈头盖脸地狠骂他们一顿了，也不会有闲情逸致笑里藏刀地调侃他们，所以这几个家伙都神色严肃，“小伍，又有你！”一个女生，还是纪律委员，却屡次因为上课讲话被登名，我也是无语了。相比之下，另一位原本让人头痛的纪律委员小潘最近却很是安分。

“小伍，上周我才找了你，而且我把话已经说得很重了，可是你……是不是真的要让老师对你失望，放弃你了，你才罢休呢？”因为嗓子剧痛，所以我的声音很小，但是话语还是很有分量的。

“不是。”她的双眼分明是诚恳的。可是我记得上次找她，上上次找她，上上上次找她，她都是那么诚恳。唉……

“你们违反了纪律，就按照班长定的班规来处理吧。我希望不要有下一次了，好吗？你们都那么大了，很多事情我希望我和你们说就能起到作用，当然如果实在没作用，我也只能和你们的父母去沟通了。”

我说完就打发他们走了。

才一大早，我怎么就觉得累了呢？看来疾病不只折磨肉体，还会让人心情无比低落。我得快点好起来！

10月30日
星期一　晴

病了几天，一回学校，感觉就有一大堆活儿等着我。果然，班主任是病不起的。

班会课由实习老师小王来上，讲的是我市文明十五条，这是学校规定的主题。我默默地坐在教室最后面，很多同学都没有发现我的存在。

小王脾气很好，说话也很温柔，从来不会训斥他们，可能也因为这样，这些家伙也毫不给他面子，课堂上闹哄哄的：交作业的、聊天的、漫不经心的……我在后面有些坐不住了，但又不想霸道地去干涉小王的课堂。突然，心生一计……

我举起手机，拍了一张班会课的照片，拍照那一刻手机发出了“咔嚓”的声音。音量不大，但还是被后排几个东张西望的家伙敏锐地发现了，他们立刻鬼鬼祟祟地朝着四面八方正聊得起劲的人群使眼色，示意在教室的后排隐匿着一个“头号恐怖分子”。不一会儿，教室就安静了不少，我依然不动声色地坐在最后面，内心盘算着回头怎么收拾他们。

终于到我的语文课了。

“虽然小王老师是实习老师，而且脾气好，但这不应该是你们不把他放在眼里的理由。”我开门见山，“小王老师在讲台上讲，你们在下面自顾自地说，还有一点点对老师的尊重吗？”

大概因为我板着脸的样子很有威慑力，教室里鸦雀无声，和刚才像菜市场的样子截然不同。但我没有心软，我觉得规矩还是应该有的。

“我没有太多的条条框框去约束你们，一般情况下，只要不违法乱纪，我希望你们能有一个比较宽松的环境自由成长。可是，这不代表不受约束，你们已经不是小孩子了，孰轻孰重应该能分清，注意自己的言行举止是否符合每个场合，该活跃的时候你们可以尽情释放，但是该认真严肃的时候，就不能还是嘻嘻哈哈的，懂吗？”

“懂了。”

希望他们真的能懂，并能说到做到。

10月31日
星期二　晴

今天温差好大，一早只有8℃，下午却有28℃！

刚下课，我还在讲台上收拾书本，小丘突然蹿到我身边，很小声地在我耳边说：“老师，你看看我同桌。”我望了望他，有点不解。

“特别注意看看她的裤子。”他回头补充到。

我倒是挺好奇的，往他的同桌小伍的位置望了过去，她不在。

大课间，孩子们在操场做操的时候，我拍了几段视频发到班级的家长微信群里，家长们总是很关心自己孩子在学校的情况。我顺着队伍一边走一边拍。突然，镜头里出现了一双白花花的大腿！我抬头望去，是小伍！大冷天我穿着毛衣她露着大腿！难怪刚才小丘……

我在小伍身边停下，低声问了句：“不冷吗？”

“不冷！”她脸上故作轻松，但也无法掩饰冻得惨白的双腿。

“这么冷的天，别穿短裤了，不然感冒了我可不批假的哦！”我还是忍不住苦口婆心了一下。

说完这话，突然觉得自己老了。想当年，我就是那个大冷天穿短裤的女孩，我妈就很看不惯我这种行径，可没少说我，当然最终都是以我的感冒宣告结束。唉，谁又不曾年轻叛逆过呢？只是很多事情，当我们懂得时，已不再年少了……

第三辑

十一月初寒　秋收冬藏

11月1日 星期三 晴

今天在3班上课发了火，原因就是开小差的人太多了。

其实，我上课有强迫症，就是只要有一个人不在状态，我就会觉得浑身难受，就会觉得是不是我讲得不好了，或者太枯燥了，然后我会及时调整，穿插一些大伙儿比较感兴趣的话题，以此来吸引他们的注意力。可是眼前这班孩子，注意力集中的时间真的短得可怜。

我很明确地和他们说了，马上要期中考试了，考完我会把他们的分数和8班做一个对比，让他们知道上课状态对学习成绩的影响有多大。同一个老师教孩子们同样的内容，可是分数差距我可以预见有多大的，而这就是因为上课状态迥然不同。8班的孩子们，在课堂上也很活跃，但每个人的思维都跟着我走，注意力很集中；而3班的孩子们，明显感觉极易分心，上课走神严重，一节课45分钟，只有极少数乖巧的女生能专心听半节课左右，其余的听课基本不超过10分钟。

说实话，这样的学习习惯、听课状态，即使是神仙来教，估计也有心无力吧。看来还是得想想办法了！

11月2日
星期四　晴

上着课，教室突然窜入一只蜜蜂。全班盯着蜜蜂傻笑，一些调皮鬼兴奋地挥舞着手中的课本，还有几个傻小子指着蜜蜂哈哈地笑个不停。不管它靠近谁，都会引起一阵骚动。

我索性停下来，似笑非笑地看着他们和蜜蜂表演。

小雷最兴奋了，声音又大，一直听着他在喊：“哈哈，蜜蜂飞你那去了，就你招惹它来的，哈哈！”停了片刻，又看着我说：“老师，都怪你，说我们是班花班草，你看吧，蜜蜂都来找花花草草了！”他这话又引来大家的一阵哄笑。

我仍不露声色。

“老师，肯定是你太香了，所以招蜂引蝶！”

“对对对，你看蜜蜂就是围着老师转！”

…………

今天我们正在讲我的偶像鲁迅的《从百草园到三味书屋》，我突然觉得这群刚刚还自诩已经长大、已经告别童年很久的孩子们仿佛突然又回到了童年，找回了童真、童趣。虽然这是课堂上，但我竟有点不忍打扰他们的兴致。

兴奋了大约五分钟，这只可怜的被嘲笑的小蜜蜂终于逃离了教室。他们重新把注意力放在了我身上。

“我是狮子座的。”我冷不丁来一句。台下先是寂静，五秒钟后爆笑。

“我是射手座的！”

“我是摩羯座……”

…………

自报完星座之后，我没理会他们，继续说：“狮子座是王者星座。”台下又安静了。

“我不能容忍一只蜜蜂和我争宠！”我接着说。

“哈哈哈！”他们狠狠地笑了个痛快。

“老师，”第一排的小袁喊了一句，“你开学第一句话就说你是‘女王’，还真吓住我了……”

你们这些小孩就不能给人留点面子吗？我不管，我就是“女王”！哼！

11月3日
星期五　晴

今天和数学老师研究了一下最近几单元的数学成绩，不容乐观啊！

看孩子聪不聪明、爱不爱动脑筋，基本上可以从数学成绩看出来。我拿着成绩表，真可谓“江山一片红啊”……

平日乖巧的小郑，萌萌的小张，还有牙尖嘴利的小唐，胖胖的小丘……统统数学成绩不及格，更有甚者分数低至十几二十分，我有些慌了。平日活泼可爱的孩子们，仿佛突然被贴上了“蠢”的标签。不不不！不能这样想，分数不能代表一切，何况数学本来就是一门“可恶的”学科，想当年本“女王”的数学成绩……唉，不提也罢！

下午的课，轮到孩子们上台了。我默默走到教室后面准备找个地方坐着听课，结果发现没有椅子。这时，坐在最后一排的小吴动作敏捷地把自己的椅子拎起向我奔来，然后迅速地把椅子放在我身后，“老师，您坐！”接着以迅雷不及掩耳之势回到自己的桌子前，想都没想就席地而坐。

我尴尬地站着，这是平时没少挨我批评的过度活跃的家伙，上课爱讲话、开小差，人却特别聪明，而且小嘴特别甜，所以总是让人气不起来。此刻，他坐在地上，我能在他椅子上坐得安稳吗？我从教室前面拿了一张小凳子，然后把椅子还给了他。这个孩子，是很可爱的。

上完下午最后两节课，美好的一周的工作又结束了，周末快乐！

11月6日
星期一　多云

周一早上要升旗，我7点25分站在操场上，等了十几分钟，在年级队伍的最末尾，看到了我们班歪歪扭扭的队伍，与其勉强称作队伍，还不如说是一盘散沙更贴切，好不容易走到了我们班的指定位置，放好凳子坐下之后，三三两两开始聊天说笑，与两旁其他班级的队伍形成了鲜明的对比。

我站在队伍的最后面，陷入深思：是不是我的管理太宽松了，以至于他们心中无规矩？古话说：“无规矩不成方圆。”虽然我不希望他们成为死板的方、圆，但是也不代表任他们成为一盘散沙啊！或许他们在父母眼中还是小孩子，说不定他们自己也觉得自己还是小孩子，但我从来没有把他们当作小孩子来看待，我希望我们之间是一种平等的关系，我也相信他们应该有能力管理好自己。可是现在看来……或许，他们还是没有掌握管理自己的方法。看来，我也要调整一下自己的管理方法了。

升旗仪式结束后，回教室开班会，先由实习老师讲了几件事情，然后由我来讲。我上台之前，这群孩子竟然鼓起了掌。

"你们是不是知道我准备批评你们了，就故意用些掌声来收买我啊？"我故作不屑地说。

这群机灵鬼竟然又鼓掌了，掌声又整齐而又热烈。哼，我才不吃这一套！

"今天升旗仪式上，我深深地反省了一下……"我把我刚才的整个思考过程都描述出来了，台下一片寂静，他们都很认真地在听我说，表情很复杂，时而严肃，时而惭愧，时而低下头。

"如果你们还无法分辨哪些事情该做，哪些事情不该做，或者你们根本不明白自己应该怎样做，那我明天可以制定一百条规矩，以后你们言行举止都参照这些规矩……"

"不不不！不需要！"

"我们已经知道该怎么做了，不需要制定规矩。"

他们迫不及待地打断了我的话。

"那就好，我希望这次你们是真的明白并且知道该怎样做，希望你们每个人回去都好好想想。"

话虽这么说，但我也清楚，要他们自己管住自己，有些人显然是做不到的，肯定还是需要老师和家长的监督。毕竟，学习不只是眼前的苟且，还有诗和远方……

11月7日
星期二 雨

今天有人向我举报，小雷、小华和小潘因为去小卖部买零食而迟到。这个“振奋人心”的消息一传出，全班沸腾了。

“买48份！我们也要吃！”

“对！太好了，有东西吃啦！”

“老师，这个是要罚的吧？”前排的小袁喊道。

是的，刚开学大家就立了规矩，凡因买零食而迟到的人，必须要给全班每个人买一份零食。这规矩不是我定的，是大伙儿提出来被我采纳的，终于好不容易逮着人了，哈哈！

三个家伙被我带到了办公室。

“明天有好吃的啦！”我开心地对着他们仨说，“小潘，那天你买的是啥？我好想试试哦！”

小潘低头笑而不语，旁边的小雷忍不住了，“老师，那我们明天要买啥？要买多少啊……”

“念在第一次，我就不罚你们每人买48份了，这样吧，你们一起买48份，可以了吧？对了，应该是49份，还有我的呢！”我竟然差点漏了自己，险些明天就要看着他们吃好吃的，我却只能干瞪眼了。

“有好吃的算我一份啊！”对面的潘老师无比可爱地笑道。

“还有我的呢，有好吃的别漏了我！”数学老师在远处吼了一声。

“51份！正好每人买17份，买棒棒糖吧，8块5搞定！”三个学生还算爽快，立马就盘算好了。

“太好了！明天有棒棒糖吃咯！”我故意得意地炫耀。

“老师，买一毛钱一个的可不可以？”调皮鬼小雷逗趣道。

“你这家伙，可别买那些‘三无’产品来忽悠我们啊！你的零花钱可以派上用场啦！”我回了他一句。

三人挤在一起窃窃私语，片刻，就一起笑着走了。

11月8日 星期三　多云有阵雨

早上，小雷和我说糖忘记买了，我笑着和他说：“没事，那明天吧……”

“太好了！”

“明天每人两个！”我头也没抬地说，明显感觉到他脸上的笑容僵住了。

“那下午，下午我们就带来可以吗？”小雷哀求道。

“好吧。”我故作不情愿的样子，“其实我更想你们明天买……”

“别别！下午，下午一定买到！就这样愉快地决定啦！”说完，这个机灵鬼一溜烟跑了。

果然，下午一来到办公室，就看到这样的场景——两大包糖摆成了笑脸形状，还挺有情致的。

我抱着两包棒棒糖走向教室，一路经过其他班级，收获了一大堆羡慕的目光。果然孩子们对这个都是没有抵抗力的。

我一踏进教室，手中的糖就引起了大家的欢呼鼓掌，好不容易掌声停了，我笑着对大伙说：“我们再次以热烈的掌声感谢这三位同学，谢谢他们请我们大家吃糖！”

掌声雷动。三位慷慨的孩子脸上露出了复杂的笑容。

嗯嗯，这糖，甜!

11月9日 星期四　多云

今天开始期中考试，我监考四科。

下午考完一科，我刚回到办公室，小唐和小高就尾随我进了办公室，两人扭扭捏捏地窃窃私语，一看准没好事。

站在我身后，还在磨磨叽叽，我也不语。

“老师，”是小唐的声音，“生物的答题卡漏涂考试科目这一栏怎么办？”

“有什么怎么办？零分呗！”我故意轻描淡写地给他们一个教训。

“啊？”小高惊呼。两人一副难以置信的表情。

“考都考完了还想那么多干吗呢，下次记得涂就是了！”我真服了这些马虎鬼。

刚倒了杯水准备喝，小雷跑进了办公室，“老师，生物答题卡忘涂科目这一栏，会怎么样？”

“会零分。”我依然轻描淡写，小马虎真心不少啊。

“真的啊？那我的前五名没了，周末没有手机玩了……”小雷灰溜溜地走了。

不到两分钟，小曾来了，他还没开口，我就说了“零分”，他眼神也黯淡了。

这群粗心的家伙，真得狠下心来让他们吃点教训了。本来我还在犹豫要不要告诉他们其实没涂考试科目应该不会有什么大碍的，不过，现在我决定先不告诉他们了，让他们担心几天，谁让他们那么无所用心呢？

刚决定这样，我一转身发现实习老师小王站在我旁边，一看他凝重的神色，我就明白他在担心什么，我冲他笑了笑，“零分是骗他们的，买个教训吧！”呵呵……

11月10日 星期五　晴

其实我是很喜欢小雷的，人特别机灵，十分阳光开朗，胆子也很大。这不，他又来办公室了，被抓来的，一看就是犯了事。副班长小丘自作主张把课间玩粉笔的小雷带了上来，小雷一脸的不服气，小丘说他玩了粉笔，他立刻就炸毛了。

“你就知道告状！告状精！”他指着小丘大吼，一脸的疾恶如仇。

“不是我告的状！”小丘很沉稳地说。

“就是你说的！还不承认！告状精！”小雷还一直在吼，我望了他一眼，很用力地望了他一眼，他闭了嘴。

我示意小丘先走，然后转向小雷，小雷也望了我一眼，不过眼神很闪烁，立马就飘开了。

“老师，我下次不敢了……下次肯定不再犯了，我知道错了，对不起对不起……”小雷在给我打哈哈。

“小雷，粉笔的事，我不想和你多说，我要讲的是另一个问题。”我面带微笑，虽然我知道，这个笑不能让他放松，因为我也没放松。

“你是一个很聪明的人，我也一直很喜欢你，并且对你委以重任，让你当语文科代表，”我先给他“灌了点糖水”，接着说：“但是，我发现你有一个很大的缺点。”

小雷脸上的笑容收住了。

“你不愿意接受别人的批评，每次有人向你提意见的时候，你心里首先就是抗拒。不管老师还是同学，指出你的不足的时候，你准是不承认的，甚至还骂别人，你为什么不想想你自己是不是真的做错了呢？”

“每个人都爱听表扬、赞美的话，可是，人无完人，谁又能不犯错呢？犯错不可怕，知错能改才会不断完善自己啊！”

小雷面色凝重。我看了看时间，下一科的考试快开始了，而且我不想啰唆太多。

“班干部的职责就是管理班级，有做得不对的地方同学当然就要指出，你也是班干部，难道你不是这样做的吗？可为什么每次有班干部指出你的错误的时候你却这么抗拒呢？如果你以班干部的身份去批评教育其他犯错的同学，他们也像你刚才的态度那样，那你心里好受吗？”

小雷低下了头。

“我要说的就这么多，你自己好好想想，希望你能想通。好了，快去考试吧！”我拍了拍他的肩膀，他点点头，跑向教室。

的确，像小雷这种孩子挺多的，毕竟是孩子嘛，还是很容易冲动，想问题也比较随性，很多事情、很多话没经大脑思考就做了、说了，但我们做老师的，只要给他们稍加分析点拨，他们很容易想明白的。可是，切忌苦口婆心哟！哈哈，我特不喜欢“苦口婆心”这个词，觉得它是“啰里八唆”的近亲，我喜欢干脆利落，快刀斩乱麻！

11月13日
星期一　多云转晴

期中考试之后的那周，按照惯例会召开家长会，今天班会课我和大家提起了这个事，整个教室立刻响起一片哀号。我心里倒是奇怪了，教了那么多年的书，每届学生个性各异，却在害怕家长会这个问题上千篇一律，毫无例外，为什么？

说真的，我每次开家长会，都抱着一个不变的宗旨——务求改变家长会在孩子们心目中的如地狱恶魔般的形象。我觉得，让孩子们害怕的家长会，是一个失败的家长会，组织这样的家长会的老师是失败的老师，去开这样的家长会的家长也是失败的家长。

孩子们会害怕家长会，是因为在他们心目中“家长会=告状会”，他们在学校犯下的错误都会经老师的口一一地在父母那里曝光。同样地，他们在家里的斑斑劣迹也会毫无遗漏地经父母的口让老师知道，这样一来，他们苦心经营的光辉形象就被破坏掉了……哎哟，这些孩子，真的想多了！

当然，学生与老师、家长最大的矛盾，估计还是与分数有关，而分数在我看来不是最重要的，这样，我们的矛盾应该就很容易化解了吧？正如我在教室门口的班牌上写的那句寄予学生的话：“学习，不止眼前的苟且，还有诗和远方……”

我看着他们那绝望的小眼神，心里暗笑却不动声色。

“老师，开完家长会我们回去就会被‘混合双打’了……”

“周一我可能来不了学校了……”

“老师，放过我吧，求求你了！”

我不为所动，家长会，走着瞧呗！嘿嘿……

11月14日 星期二 多云

今天做课间操前，我专门提醒大伙儿要好好做，做不好的留下来重做，结果真有四个孩子用实际行动争取到了留下来的“机会”。

准确地说，是五个人，我把小丘也留下了，负责喊口号。小潘、小华、小杨、小刘，这“四大天王”是我这儿的常客了。不交作业、上课讲话等违纪行为几乎被他们承包了，不过还好，他们还是挺怕我的，我的话在他们那里还是有点分量的。

偌大的篮球场，四人一字排开，小丘的口号喊得很到位，四个家伙悻悻地做着广播体操，动作不整齐不说，该伸直的不直，该弯曲的不弯曲，我不动声色。做完这一节，我面无表情地对小丘说："这一节，重来！"四人如遭雷击，心里想的肯定是："还有这种操作？"呵呵，小家伙们，看我治不了你们!

重做的效果果然比刚才好很多。我不由得感叹道："如果你们每一节都能做得那么好，就不用在这里丢人现眼了啊！"四人相视而笑。

周围站了几个准备上体育课的别班女生，大概是认识"四大天王"之一吧，指指点点，还不时地窃笑，我没有驱散她们，这种气氛挺好的，有"小粉丝"在，我们这几个小男子汉可能会表现得更好。

其实，做操不是什么大事，但是我觉得，班风还是一定要正的，大家伙儿都认认真真地做操，只有你们几个随随便便、吊儿郎当，长此以往，整个班都会随随便便、吊儿郎当的了，我可不要这样的班级。

11月15日
星期三　阴雨

期中考试各科成绩陆续出来了，孩子们的神经也都绷得紧紧的，除了怕挂科，更怕家长会。

期中考试之后，我准备做些调整。当初选班干部的时候，因为对所有学生都不太了解，几乎是盲选，自然选出来很多不太合适的，经过近三个月的初步了解，我打算趁学期中进行一次调整。我找了几个主要班干部，想让他们提供一点意见给我，毕竟老师看学生和学生看学生是不同的，我让几个班长把他们认为需要调整的班干部名单和职务写在小纸条上明天交给我。

其实，我自己心里也有小算盘，三个班长一正二副，小邹是个大大咧咧的女孩，有一颗爱管人的心，胆子也大，虽然自己也经常会犯一些小错误，但还是能接受老师的批评教育的；小丘这个很外向、个性也很张扬的小胖子，特别爱也很擅长表现自己，出得了大场面，由于刚开学就被委以重任，所以还是有一些自我膨胀；小周是后来增加的副班长，为人踏实肯干，责任感也强，但可能因为是后来增加的，难免感觉有些难以融入班长圈子，别的同学也有点忘了他是副班长；小黄是班主任助理，这女孩心很细，电脑操作也很棒，关键是这孩子还很低调，布置工作给她特别放心，因为小邹和小丘群众基础不大扎实，在班里威信不高，所以很多工作我更愿意交给小黄。这四个人，就是我的左膀右臂。

说真的，管理一个班级，选出合适的班干部真的太重要了。但我认为，没选出合适的不要紧，我们还可以把现有的班干部培养成合适的，这样岂不皆大欢喜吗？哈哈……

11月16日
星期四　多云

今天我要上四节连堂课，大课间就没下去看操，太累了，瘫在椅子上不想动。

实习的小王老师走到我跟前，颇有些严肃地说："老师，我叫小潘上来找你。"

"他咋了？"我感觉不是啥好事。

"他打架了，不对，是打人了，打了班长。"

"班长？小丘？"我问道。

"不对，是班长小邹。"

小邹？我有点不相信。一个女生？小潘打了一个女生！

片刻，小潘被带到。

"说说发生了什么事吧。"我压住内心的火，假装平静地问道。

小潘不语，把头扭向一边。这时，小邹也来了。

"那你说说刚才是怎么回事？"我问小邹。

经过一番描述，我明白了。小邹喊小潘带着男生队伍过去排队，小潘没搭理，小邹就指着小潘大声喊他带队过来，然后小潘就火了，认为"我妈都不会这样指着我大声喊，你凭什么指着我”，两人争吵不休，最后小潘就动手了。

小邹在讲事情的经过时，我一直很认真地盯着她，她有点激动，但情绪还算稳定。

我转向望着小潘，严肃地问他：“事情是这样的吗？”

小潘轻轻点了点头。

“你打人？你打女生？”我有点不能忍受了。

他把头扭向一边权当默认。

“你是不是一个男人？是不是一个男子汉？你竟然打一个女孩子！”我承认我很火了，“小潘，你不是第一次打架了，开学才三个月不到，你打了多少次架了？即使是和男生打架，你先动手也要承担主要责任，更何况你竟然对一个女生动手！你还有没有一点男子汉的样子？就算你觉得你现在还不是男子汉，只算男孩，但男孩也绝对不可以对女孩动手的！这个基本的风度你都没有！而且，这件事情本身错就在你！”我很激动，狠狠地把他教训了一顿，我心里的确很气，所以话也说得有点重。

稍缓了一下，我发现刚才还挺淡定的小邹在一旁激动了，泪珠一直在眼眶里打转，听我骂了小潘，终于忍不住泪崩了。小邹是个挺彪悍的女生，这会儿也是可怜巴巴的，我递了张纸巾给她，一旁的小王老师也拍了拍她的肩膀。

“小邹，你先回去上课吧。”我想着小邹在这里听我批评小潘可能会更加觉得委屈，加上小潘估计也不愿意当着小邹的面挨批，于是叫小邹先回教室了。

“你呀！”我把小潘拉到了我跟前，“你真不让人省心！小潘，你打那么多次架，这次我骂你骂得最狠，你一个小男子汉怎么能对一个女生动手呢？我暂且不说你有没有理，你先动手就是你的错，何况是对女生动手，那就是错上加错！说说，你心里是怎么想的吧？”

小潘仍然不语。

“说话！”我又有点火了。

他摇了摇头。

平时很活跃、开朗的人，在教室吵闹得老师都巴不得用封箱胶带封起他的嘴巴，可每次我单独叫他来办公室谈话时，他就不说话了。

“你说说，你为什么会这样做？”我又问道。

“把你心里的想法说出来。”小王老师也有点着急了。

这家伙还是不作声。

“那你打算怎么处理？你把人给打了，不可能就这样不了了之的！”我这次真的不会太轻饶他了。

预料之中，我的提问没有收到答案。看样子，他是不打算开口了。

“这样吧，你回去和你妈妈说清楚这件事，然后你征求一下你妈妈的意见，再和我谈。”我不能耽误他后面的两节课，于是打发他回教室去了，同时，发了条微信给他妈妈，让他妈妈好好和他聊聊。

初一的孩子打架其实不奇怪，尤其是男生，很多都易冲动。可是，我觉得作为一名老师，是应该告诉他们，一个真正的男子汉，绝不应该轻易动手，尤其是绝对不该对女孩动手！

11月17日 星期五 晴

早上第一节课我去巡堂，刚走到教室的后门，发现实习老师正在和同学们讨论着什么，挺热闹的。突然，我被发现了，引发一阵惊呼，继而全班哄堂大笑，我有点莫名其妙。怎么了？今天我特别美吗？不对啊，我每天都美美哒……嗯，我的衣服没整理好？脸上的妆花了？口红擦出界了？噢，无意中看到了黑板，我顿时明白了。

“老师在你心中扮演着什么样的角色？”背投屏幕上一行醒目的大字，这大概就是他们正在讨论的问题，然后我很不合时宜地出现了。

“亲妈！”全班学生几乎异口同声地回答，而且是把头扭向后门看着我回答。

我忍不住笑喷了，这群家伙，小小年纪还真够圆滑世故的。

记得开学前我第一次和他们见面，就说过这样一句话：“虽然我年轻貌美，但是，在学校，我就是你们的亲妈！”他们这群机灵鬼，这时候就活学活用了。

实习老师显然没有料到他们竟然蹦出这种离奇古怪的答案，也忍不住笑了。其实，我何止是亲妈，还兼任保姆、保安、警察和心理医生。

下午两节课后开家长会，家长会具体内容就保密啦，哈哈，毕竟是独门秘籍。我把我要说的话讲完之后，就请数学老师和家长们谈谈数学的学习情况。我刚从教室出来走到走廊上，立马被一群不肯回家的学生给包围了。

“老师，你有没有在我妈面前美言几句啊？”

“老师，我爸的脸色怎样？”

“老师，我预感晚上回去我可能会被‘男女混合双打’了！”

“老师，下周我可能要请假在家养伤。”

…………

我望着他们相当无奈，按说真该颁个奥斯卡奖给这群爱演戏的家伙。不过，我想起当年我老爸去开家长会时我在家里等的时候，那个忐忑，那个坐立不安，那个煎熬啊……我挺理解他们的，所以刚才我和家长们再三交代，千万不能打孩子，尽量少骂孩子，我们应该多用讨论商量的方式和孩子沟通。

数学老师讲完后，我还是有点不放心，又进教室和家长啰唆了一次。

“请家长们回去之后千万不要打骂孩子，我们班的孩子其实真的挺乖、挺听话的，即使现在有些人的成绩暂时不太理想，但我相信他们已经努力了，并且会下决心更加努力的。家长们在教室坐着开会，孩子们在教室外战战兢兢的像群惊弓之鸟，所以恳请家长们回去向孩子传达会议内容时，尽量心平气和，尽量和孩子好好沟通，相信这样的效果肯定比打骂有效得多！”

我话音刚落，教室外的走廊上传来一阵热烈的掌声，门口挤着几个小脑袋，他们向我投来赞许的目光，这是对今天疲惫不堪的我的最佳奖励。

11月21日 星期二 雨

终于入冬了，气温骤降十几摄氏度，一大早冷风冷雨的，我变成了“起床困难户”。

周一早上班会课，原本计划小结期中考试情况，再汇报一下家长会的内容，还要布置这周学校运动会的相关事宜。无奈人算不如天算，学校突然召开班主任会议，把我所有的计划都打乱了。

今天要交军训的费用，每人230元，说真的，处理收钱问题真的是我的弱项，开学至今因为收钱数额不对而贴钱的事不计其数。对了，那天我讲的老师担任的其他角色，漏说了一项：会计！我一个语文老师，一个算术差的人，要我收钱……

唉，我要哭了！

照说初中年级可以找班干部代来收钱的，不过上两个月收校服钱的时候，叫两个班长收钱，这俩心大的孩子，竟然只收钱而没有登记姓名，也不找零，结果钱的数额不对，我自己贴了一百多块钱。之后很长一段时间，我都不敢布置类似工作给他们。

这次，我决定还是由他们来收钱，不过收钱之前，我先安排了一下：四个班长每人收一个小组的钱，收钱之前准备好本子和笔，收一份钱就登记一个名字，收好之后全部交到我这里汇总。所有这些工作，下课十分钟内必须完成。结果，大概只用了六分钟，他们就把钱全部收完送到我的手上，孩子们的潜力果然很大！

看来好的班干部果然还是培养锻炼出来的，很多老师尤其是班主任，总埋怨事情太多，而且都是一些琐事，其实我们真的应该相信这些孩子，他们的能力远远超乎我们的想象，把班级事务分配给他们管理，一方面他们得到了很好的锻炼，另一方面老师也轻松了不少，一举两得之乐事，何乐而不为呢？

11月22日 星期三　多云

下午第二节课一上课我就去巡堂，发现有两个座位是空着的，小潘和小华，最不省心的两个家伙。我站在走廊等他们，心里正盘算着这两个家伙是不是去小卖部买吃的了，抬头往操场方向一看，小潘带着个一篮球一路从篮球场小跑过来，后面的小华还比较淡定，但步伐也略紧。我心中有数了。

两人刚到二楼教室门口，看到我表情严肃地站在走廊“喝西北风”，猝不及防，差点没摔着。小潘为了不与我“正面交锋”，竟然本能地从教室后门蹿了进去，这个举动激怒了我，因为我之前多次告诫他们迟到了不准从后门进入教室，他竟敢错上加错！我怒气冲冲地示意小潘出来，他灰溜溜地走出了教室，一旁的小华倒是挺老实。

“去办公室！”抛下一句话，我悻悻地走在前面，俩跟班尾随。

到了办公室，我坐在位置上，盯着两人。小潘满头大汗地躲在小华后面，小华在前面不自然地傻笑，我没有附和他的笑。

“我说了多少次，迟到不准从后门进去，小潘你不知道吗？”我望着小潘问道。

“知道。”他尴尬地边笑边说。

“那刚才呢？”我追问。

他不语。其实他也没啥好说的。

“你们俩去打球了？”我又问。

“嗯。”

“不知道上课吗？还是不用上课了？”

“不是。”

“觉得历史课不重要是吧？”我拿起桌面的课程表装作看了一下，“周一的课不重要，周二的也可上可不上，周三周四也无所谓，周五更加随便。所以，你们可以不用上课了，天天打球，怎么样，够意思了吧？”

“不是。”两人异口同声地说。

“上课迟到十分钟，进了教室等汗出完也得十几分钟，然后心静下来怎么也要个八分钟，终于准备听个课，下课铃就该响了，然后你们又以百米冲刺的速度奔向球场，打球打得忘乎所以又迟到……你们就打算一直这样恶性循环下去吗？”我一口气说完，差点要窒息了。

“不是。”两个回答得够简洁的。

“不是反对你们打球，可是课间这八分钟真的不适合打球，你们不能放学后打球吗，或者体育课上打球，这样不行吗？”

“行。”

“再犯怎么办？”我不想继续教育他们了，毕竟已经上课好一会儿了。

“随便怎么办！”小华很干脆。

“好，这次相信你们，记住：‘一次不忠，百次不用！’”

两人一阵风似的溜了。

11月23日 星期四 阴雨

考虑下午举行学校运动会，这群孩子肯定兴奋得没心思上课，所以我将早上的课换成了周一的班会课。这节班会课主要是颁奖，毕竟半个学期过去了，孩子们来到初中已经有三个月，不少同学小有成就，他们应该获得表彰的。热心的家长买来了一些本子奖励给优秀学生，我事先安排了全班同学在本子上签了名，作为最珍贵、最值得纪念的奖品送给他们。

我作为语文老师，为了奖励他们语文考了年级第一名，也送了每人一根棒棒糖。不过很尴尬的是，带少了一根，结果小袁没领到，他面露不悦，一节课眼巴巴地看着同桌津津有味地舔着糖，我叫他下课来办公室，打算找一根棒棒糖给他。

不过更尴尬的是，下课回到办公室之后，我发现并没有棒棒糖，我偷看了一眼身边的小袁，他满心期待地盯着我的桌面，急切地寻找着他心心念念的棒棒糖。

“嗯……我这里好像也没有棒棒糖……”我像个犯错的小学生。

“啊？那我没有糖吃啊？”小袁对我的话很不满。他是班里最矮的孩子，胖嘟嘟的脸蛋特别可爱，外表和内心都很小孩子气。

“这样吧！”我灵机一动，想到了补偿的办法。“我抽屉有其他零食，给你两包好吧？”

他死死地盯着我的抽屉，仿佛那是一个百宝箱，我拿出一包蛋糕和一块鱼豆腐，递给他，他立刻眉开眼笑，满意地蹦蹦跳跳地走了。这……分明就是个幼儿园的小屁孩吧！

下午举行学校运动会，先是入场式，然后是广播操比赛和体舞展示，最后还有一个20×50米的接力跑。入场式和广播操大伙儿都表现得棒棒的，精心设计并排练的成果让人很满意，但是到了接力跑，虽然我再三交代交接棒时一定要注意，但还是出了岔子。

第二棒是小潘，他跑得飞快，和隔壁两道上的班级稍微拉开了一点距离，我们班开始有了小小的优势。可是，当他一阵风似的从我面前飞奔过去时，我就觉得有点不妙了，只见他到了该交接棒的地方仍然没有“刹车”的意思，直接冲到了队伍的最后面，还摔了一跤……

最后，接力跑比赛以我们班最后一名告终，大家都在埋怨小潘。于是，我专门留下全班说了一些话，除了小结今天学校运动会的表现，我还专门谈到了接力跑比赛失误这件事。

“今天大家的表现都相当好，虽然在有些比赛项目中我们的成绩可能不是很理想，但是每个人都已经尽力了，造成失误是大家都不想的，当事人不需要自责，其他同学更加没有理由去责怪他们。我们需要做的，是早点回去休息，养足精神准备明天的比赛！加油！”

说完这番话，我看那几位比赛有点小失误的孩子把头抬了起来，脸上也露出了一丝微笑。

明天，加油！

11月24日
星期五　多云

学校运动会第二天，各项比赛如期进行。对于这些刚升入初中的孩子来说，学校运动会还真是挺新奇的，毕竟很多学生小学六年都没有参加过这种活动。

看着我班的孩子三五成群地在校园里闲逛，有的嘴里还含着根棒棒糖，有的则时而大呼小叫时而目瞪口呆，简直看啥都很新鲜。

其实我也是在校园里闲逛，看到有我班的孩子们在比赛就帮他们拍几张特写。突然，从我身后蹿过两个黑影，是小丘和

小唐，两人鬼鬼祟祟地在我身边低声说：“老师，小袁在小卖部打游戏，打得超带劲呢，您要不要过去抓他？”

“嗯……我现在没空啊，我要帮跳高的同学拍照呢！”

“那怎么办？就不管他了吗？”两人似乎不太满意我的回复。

“这样吧，你们把他叫过来。”我想了个折中的办法。

“他正打着游戏，怎么可能会跟我们过来啊？”两人异口同声地喊道。

“这样吧，你和他说他的比赛项目到了，叫他马上来跳高比赛场地。”我头也没回一边拍照一边说。

过了大概不到五分钟，只见小袁在一群“吃瓜群众”的簇拥下来到我身旁，我决定给这个沉迷游戏而无法自拔的家伙一个小小的惩戒。

“小袁，你的比赛项目都开始了你怎么还在这里？赶紧去比赛！”我假装一本正经地说。

“啊？可是我没报这个项目，我不会跳高啊！”小袁一脸无辜。

“你赶紧看看人家怎么跳的，现学现跳啊！”我催促他。

只见这个身高不到一米四的很可爱的小胖子，目不转睛地盯着每一个跳高的同学，嘴中还念念有词：“我真的不会啊……”

我差一点就心软了，不过转念一想，去跳高总比任由他沉迷游戏要好吧？嗯，对！不能心软！

好不容易我看他一咬牙朝着运动员队伍跑了过去，硬生生地插进了一群高个子的队伍中，还霸气地把排在他前面的高个子给一把拨开，“走开，我来！”那神情，那模样，简直太可爱了。

只见小袁目光如炬，神情严肃，一股劲从队伍中奔向跳高杆，速度还挺快的，奔跑时脸颊上的两坨肉在不停地抖动。我正寻思着之前是不是低估他了，没准他会创个什么纪录出来……突然，小袁发了狠地往跳高杆冲过去，然后双手举起杆，连人带杆飞扑向海绵垫子，全场一阵爆笑。小袁飞快爬起身来面露惭色地向我走来，我赶紧憋住笑，搂着他的肩膀问他为啥不跳，他很无奈地说他真的不会。最后，正题来了，“谁叫你整天只顾着打游戏，都不学学怎么跳高，哼！这回吃亏了吧！”

哈哈哈，我真是太坏了……

11月27日　星期一　阴雨

早上下雨，学校运动会被迫取消，一早上的课基本很难上，因为孩子们根本没心思上课。到了下午，雨停了，学校临时决定学校运动会继续，广播一通知，整个校园都沸腾了，欢呼声从初一传到初三，震耳欲聋。

下午除了跳绳接力之外，还有4×200米接力跑，孩子们都相当兴奋，我在操场上淋着小雨吹了半天的西北风，头隐隐作痛。此刻，脑袋一片空白，请容许我偷一下懒，当老师真的挺累的。

11月28日 星期二 晴

今天去马坝的青少年社会实践基地开始为期五天的社会实践活动。

早上10点到达基地，孩子们很兴奋的样子，在车上一路吃喝玩乐，俨然是要去春游而不是去军训。离家五天对于他们来说，或许不是很困难，甚至还觉得挺新鲜刺激的。一下车，就有基地的教官来迎接我们了，那是一个大眼睛高个子的年轻男教官，样子看起来还蛮严厉的。从踏入基地大门的那一刻开始，军训模式正式开启。

下午，发生了一件很不愉快的事情，我们班的副班长小丘和教官闹得很不愉快。事情是这样的，教官让大家蹲下，小丘

吊儿郎当地蹲着，教官让他出列，让他蹲好，他就不乐意了，教官看他桀骜难驯的样子，就吼了句："不愿意你可以走！"结果这家伙也较上劲儿了，回了句"走就走"，然后转身就走向基地的围墙边上，旁边一个别班的教官见他这副模样，立刻追上前去拍了一下他的肩膀想要阻止他。这下不得了了，小丘觉得教官对他动了手，万般委屈，一直吵着要回家，哭哭闹闹了半天。

趁休息时间，我找到了小丘，问他事情的经过，这家伙避重就轻说教官对他动手了，说着还很委屈地哭了起来。

"你为啥会和教官发生矛盾？"我问。

"我不知道。"他闪烁其词。

"是不是你一开始练蹲下不认真？"我不想和他绕圈子。

他沉默了片刻，"但是，这也不是他动手的理由！"

"他怎么动手了？"

"就这样。"他说完重重地拍了一下我的肩膀。

"那当时你在干吗？你跑到围墙边上想干吗？"我马上追问他。

"不管我干吗，他也不该动手！"这家伙还是不放过这点。

"教官只是想阻止你爬围墙，并不算动手吧？"

"可我又没有翻墙，有什么好阻止的？"他一脸的不服气。

"你气冲冲地走了几十米来到墙边，还一边说着你要回家，人家以为你要翻墙很奇怪吗？"我也提高了声音。

"反正他就是不能动手！"看来他是绕不出去了。

"围墙不矮，上面还有尖玻璃碎片，如果你真的爬了上去，后果不堪设想。我知道，你心里可能并没有真的想翻墙，你可能只是一时生气，但是，教官不清楚你咋想的，只能从你的行为判断你有可能会翻墙。出于责任感，他们当然要阻止你，我觉得教官的做法是合情合理的，即使他们当时就把你按倒在地上也不为过。"我也有点气这个不懂事的家伙了。

他双眼盯着我直到我讲完，掠过一丝不屑，轻轻地说了一句："那也不能动手。"

嗯……

集合时间到了，我让他先回队伍中。我打了个电话给小丘的妈妈，讲了事情经过之后，她表示有点不能理解。的确，小丘平常好像真的不会因为这样的小事而和别人发生这么激烈的冲突。

小丘的爸爸在外地出差，也打了几个电话和小丘沟通，我又找他聊了聊，带队的副校长也和小丘沟通了。这家伙答应不吵着回家了，还向教官道了歉，教官也很大度地说让他好好在这锻炼。事情总算解决了，可不知为啥我心里隐隐有些不安。

11月29日
星期三　多云

今天傍晚，小丘很坚决地再次和校长提出要回家，这次校长也没有反对，叫我通知他的家长过来接人。

大约过了一小时，小丘的姑妈来了，我到班级队伍中找到了小丘并把他带了出来，看着他的笑容，我真的有点恍惚了，心里莫名地泛起一股酸楚。我拍着他的肩膀，很认真地问他：“你真的确定要回家吗？”

“嗯，确定了。”小丘声音不大，但语气很坚定。

我的手没有离开他的肩膀，他的个子比我还高，胖胖的，我轻轻拍了拍他的肩膀，嗔怪道：“你这家伙，真是……”我想不到用什么词来形容他，他能让一个语文老师都词穷，唉……

我交代他在家好好休息，有空看看书，下周记得准时回学校上课。他点了点头，脸上带着一丝暖人的微笑，这个微笑差点让我忘了他下午才差点和教官打起来。那个狠狠地指着教官的鼻子喊着"走着瞧"的面目狰狞的家伙，真的是眼前面容平静、话语温柔的他吗？我怀疑自己"穿越"了。

或许小丘这种情况就是典型的城市孩子青春期叛逆，在压抑的情况下，情绪没办法释放，容易激动，容易消极，而他们自己对这种表现是无知、无助、无奈的。我作为老师，虽然已经尽力安抚他了，但效果确实不好，看来他还是得求助于专业的心理咨询机构。

11月30日
星期四　阴

今天没下雨，于是起了个大早去参加升旗仪式，顺便帮孩子们拍些照片和视频发到群里。这些孩子一直没离开过家，这次来军训一周，父母肯定特别牵挂，为了让家长能清楚了解孩子在基地的一举一动，同时看到他们的一颦一笑，每天我都发很多照片和视频给家长，以慰相思之苦。

中午刚睡着，手机响了，我睡眼惺忪地打开微信，是班级家长群里有家长"@"了我。家长会我专门讲过，如果没有什么要紧的事，请家长不要在休息时间“@”我，因为我的手机是有提示音的。难道有什么紧急的事情？我一看，然后……

家长说：“我可以给你换部手机吗？我想看到更高清一点的相片。”

什么？我眼花还是梦游？我一个激灵睡意全无，把那行字再看了一遍。是的，只字未错。这是什么意思？给我换手机是不可能的，这是赤裸裸地嫌弃我的拍照技术吗？我很用心地拍每一张照片，除了讲究构图外还尽量让每一个孩子都能有镜头，到头来还如此被嫌弃，说实话我内心是委屈的。虽然这个孩子的爸爸发完信息后，孩子的妈妈及时圆了场，但我心里还是不太舒服。

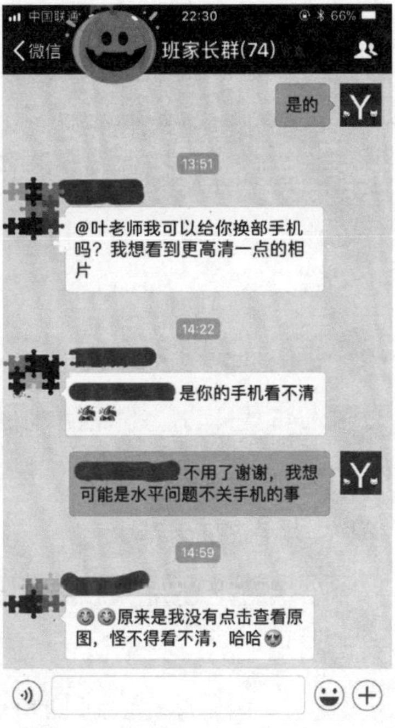

更让人感到失望的是，中午收到这条信息之后，整个下午没有一个家长在群里帮我说一句话，哪怕是一句“老师你拍的照片挺好的”都没有，唉，真的觉得挺心酸的。

晚上，孩子们看电影，大伙儿都挺兴奋的，我忍不住帮他们拍了很多照片，可能因为有教官在，他们挺拘谨的。我要拍视频的时候示意他们笑一笑，这些孩子爱玩的天性又出来了，有人做鬼脸，有人灿烂地笑着，样子特别可爱。拍完后我又把照片发到了班级家长微信群。是的，不管你们嫌弃与否，爱看与否，我只做我想做的、我觉得要做的，其他的，管它呢！

今天中午看到了很暖心的一幕。

班里几个女生在饭堂旁的空地排练节目，明晚文艺演出要上台表演。小黄是文娱委员，也是这个节目的负责人，小胡大概是负责教大家跳这支舞的。

“我都不知道这里是怎么转的！你都不教我！”小黄很不满意地板着脸说道。

“什么没教？都教了那么多次了，说了先向左再向右转！”小胡明显也不乐意了。

“那你也要做出来啊，又不是你一个人跳，谁知道你怎么安排的？”两人态度都不大好了，你一言我一语地吵起来。

我在一旁观战，没有要帮他们处理的意思。

“好了，你们别吵了，好吗？来，大家握握手还是好朋友嘛！”也是舞蹈演员之一的小甘想要调和一下两人的矛盾。不过两人都没有动，还各自把头扭向一边。

“你们不要这样啦，大家都是想跳好舞的，来吧，和好啦！”小甘锲而不舍地说，还向小胡使眼色示意她主动点。

小胡脸上还是气鼓鼓的模样，双眼朝下望了片刻，双唇用力闭了一下，向小黄走去。一旁的小黄嘴巴还呈“n”的形状，脸朝右上方45° 微仰着，典型的小孩子生气的脸庞。可

是，就在小胡走到她面前，向她伸出双手搂着她肩膀的那一瞬间，小黄的“n”形嘴变成了“u”形，板着的脸突然绽放出一朵花儿，这速度简直堪比川剧变脸。

一旁围观的群众包括我，都舒心地笑了。

这就是孩子间的友谊，孩子们的相处方式，简单粗暴，多美好！

第四辑

腊月岁末　银装素裹

12月1日
星期五　阴

今天晚上文艺会演，对于孩子们来说这简直是一件盛事。这次我们班的节目我完全没有参与，我打算看看他们自己的水平。

到了中午，服装的事情还没有解决，对于一个舞蹈节目来说，“三分舞蹈七分服装”的道理我懂，我开始怀疑她们的能力了。匆忙帮演员们落实完服装后，我叮嘱她们下午早点洗澡，我帮她们化妆。这群孩子惊呼：“我不要化妆！化妆好难看的！”其实，谁不知道她们心里其实很期待化个美美的妆上

台表演呢！哼，小家伙们！

终于到了表演的时刻了。我不想偏袒她们，说实话，舞跳得很一般，动作不太整齐也不到位，服装是临时拼凑的，也不统一。但是，每个人脸上都写着认真和投入，这时的她们都很美。我一直觉得，认真的人很美。

我们班的节目在今晚所有的节目中不算好，不过是孩子们自己设计和排练的作品，我觉得还是很棒的！

12月2日 星期六 多云

为期五天的军训终于进入尾声了。早上进行军训成果展示，下午公布成绩，我们班得了三等奖，这个奖项我很不满意，孩子们的表现很棒，这是客观的真心话。

到了分别的那一刻，教官面带微笑和孩子们说了几句道别的话，前排几个女生已经哭成了泪人。这群家伙，前两天说起教官还咬牙切齿的，嫌教官对他们太严格，现在却又难舍难分了，看来孩子们还是能分清谁对他们才是真的好。

教官把我们送到了车旁，我们即将上车回学校了，几个女孩子依依不舍地走到车门，一步三回头，我朝她们挥了挥手，

喊了句：“谁要和教官合影留念啊？”话音刚落，一群女生立马飞奔过去把教官团团围住，眼里含着泪，脸上带着笑，教官也露出了阳光的笑容。旁边一群男生看了，也从四面八方蜂拥而至，整个镜头被填得满满的。大家都笑着，笑中带着泪。

别了，基地！

12月4日
星期一　多云

回到了“阔别”一周的学校，竟然有了些陌生感，仿佛离开了一年。我被自己这种荒谬的感觉吓了一跳。

第一节班会课，小结了军训的情况，还对在学校运动会获奖的同学进行了表彰。期中考试、家长会、学校运动会、军训，接连好几个星期没有正经上课的感觉，也算是为我那个荒谬的想法找到了一个理由吧！

这群孩子的脸上，分明仍写着“蠢蠢欲动、意犹未尽”八个大字。趁着他们这点小兴奋，我把学校运动会集体项目的获奖情况宣布了，我们班的学校运动会入场式大获好评，获得了最佳创意奖，集体广播操比赛也获得了一等奖，这算是学校运动会含金量最高的奖项了。我一宣布完，台下响起了一阵阵有节奏的掌声：啪啪——啪啪啪——啪啪！军训成果保持得很不错啊！

接力项目我们班成绩一般般，基本都是第七名或第八名，不过我也安慰大伙儿了，或许是我们还没有掌握好方法，假以时日必定能实现大飞跃。个人参赛项目孩子们的成绩也一般般，尤其是男生，能进入前三的人凤毛麟角。不过，重在参与嘛……我也给他们都发了奖品和纪念品。学校给的奖品，照例是棒棒糖和笔记本，虽不贵，但对于这些孩子来说是很有意义的。

尤其是棒棒糖，我觉得这是这世界上性价比最高的礼品了。一来，它比普通的小糖果要显得更“高大上”，口味多，关键是吃起来不像普通糖果那样，整粒藏在嘴里那么低调，吃没吃只有自己知道，它有根小棒棒露在外面，等于在向全世界宣告：“我得奖了！我有糖吃咧！”二来，糖果可谓是最甜蜜的礼物了，几乎无人不爱，尤其是孩子，简直毫无抵抗力！如此华丽的礼物，只要五毛钱！这也是我把它作为“御用奖品”

的原因！

当然，奖品不是每人都有，参与了学校运动会比赛项目的同学才有，这也给那些这次没有报名参加比赛的同学一个小小的激励，下次他们或许就会更主动地参加这些活动了。不只为了棒棒糖，更重要的是为了班级的荣誉！

12月5日 星期二　晴

下午小丘对我说，综合课有挺多同学违纪了。小丘是副班长，最近在班级管理上积极性挺高的，和军训时那个叛逆的家伙判若两人，一回到学校，就变回一个秉公执法的好干部形象。

其实说实话，我不太愿意把课堂纪律管得死死的，这可能也是因为我个人不太喜欢过于严肃死板的课堂氛围吧，但是我知道像我这种喜欢大家一起热烈地讨论，连举手都不用，直接各抒己见的“奇葩”老师估计也不多见。所以，我没有反对小丘他们管纪律，毕竟，对于大多数老师来说，还是安静的课堂更有利于学生学习。

小丘一本正经地说着课堂纪律问题，我正思索着该如何回答，他冷不丁来了一句：“老师，可以体罚吗？”

我吓了一跳，本能反应就是“当然不能！”说完这四个字，我倒吸了一口气，天呐，这家伙怎么会有这种想法。

小丘的责任感很强，为了管理好班级的纪律他也是煞费苦心，但是我是不允许他体罚学生的，希望他明白这个道理。

12月6日 星期三 晴

今天我一走进教室，就看到上节课的板书还留在黑板上，我有点不悦，板着脸问：“值日生是谁？为什么不擦黑板？”

众人答：“是小黄，她去开会了。”

我更不悦，“既然你们都知道她去开会了，为什么没人帮她擦一下黑板呢？”

众人哑口无言。

这时，小潘从后面走上了讲台，拿起黑板擦擦黑板。我看着他认真擦黑板的侧影，露出一丝微笑。

小潘是班里的纪律委员，但因为不能以身作则，还比较冲动，之前我对他还是颇有些看法的，但这次军训之后，不单我，可能全班同学都对他刮目相看了。军训中有一项感恩教育活动，教官布置了一个任务，需要负责人，小潘自告奋勇。大家在完成任务的过程中，每犯一次错误就要由小潘来做俯卧撑，以此换取继续完成任务的资格，而且每次做俯卧撑的个数都要递增。当大家犯错之后，教官问小潘是否愿意做俯卧撑来换取继续完成任务的机会时，小潘毫不犹豫地回答“愿意”，他做俯卧撑做得大汗淋漓的时候，教官在一旁就着煽情的音乐，说些催人泪下的话。活动结束后，小潘的形象仿佛高大了许多。

而且，小潘还主动加入了志愿者队伍，餐前饭后为大家服务，这些都让他在大伙儿心目中大大加分了。没错，这孩子个性有点冲动，有点爱惹事，但是他很阳光，身上有满满的正能量，是个好苗子。

经营好自己的形象，真的是一门学问，这门学问值得我们终生研究。

12月7日 星期四 晴

今天上午批改单元测验的作文，我发现自己竟然还不能通过学生们的字迹来判断是谁写的，也不能通过文笔来辨认作者……感觉好惭愧！想当年我读书的时候，老师是能认出我写的文章来的，相比之下，自己对学生是不是有点不够上心啊……

下午举行教师篮球运球比赛，我不擅长运动，所以比赛过程不想细说了，比赛事更吸引我的是3班的学生。他们在比赛队伍的正前方，相当的抢眼，每一个教过他们的老师在运球的时候，这群可爱的家伙就大声地喊加油，喊得小脸通红，脖子上的青筋都暴出来了，简直比自己上场还要激动得多。我被他们感动了，这些家伙平时上课表现不怎么样，作业也交不齐，考试成绩也不理想，可是，此刻他们却如此可爱。

孩子的心是单纯的。老师教几个班级，难免会拿他们和别班的孩子去做比较，觉得他们可能不如别人，可孩子不会，对于他们而言，我就是他们最亲的语文老师，而对于我来说，我自己有一班学生，我是那些孩子的班主任，相比之下难免会疏远我只作为语文老师的另一个班级了。这对于他们来说是不太公平的，但他们毫不介意，倒是弄得我有点自惭形秽了。

一视同仁是很难做到的，但我还是要尽力去做。

12月8日
星期五　晴

今天对于我们班的孩子们来说，是一个伤心的日子，他们亲爱的实习老师小王老师要走了。

我准备了一个笔记本，让每位同学在上面写一句祝福的

话，然后送给小王老师留作纪念，大伙儿都写得格外认真。大课间的时候，我们还一起在校园里和小王老师合影，通过照片和视频记录我们的欢笑和不舍。看得出来，班里好些孩子尤其是女生，眼眶都红红的。

是不是学生对实习老师都有一种特殊的情愫呢？而且我发现这种情愫竟然和他们与军训教官的感情有异曲同工之处。

军训教官管理学生的方式和学校老师有很大的不同。而实习老师因为身份特殊，既是学生又是老师，所以与学生相处的方式也和我们在校老师不同。大概因为这样的新鲜感，孩子们很容易喜欢上他们。看来，这也是我们作为教师应该好好探讨和学习的地方吧。不过我始终相信，他们是爱我的！

想当年我在偏远山区实习，孩子们和我这位实习老师的关系也特别好，有事没事都爱来找我。其实，那时的我根本不懂

得如何和学生相处，也不懂得教师应该是一个什么样的形象。或许也正因为如此，我和学生相处得格外自然，不带任何功利目的。我的实习才短短一个月，但实习结束之后若干年里我和那帮孩子还有联系，而且早已成为纯粹的朋友了。

今天有个孩子偷偷问我，看到他们和实习老师那么好，为什么不吃醋？

我哈哈大笑。为什么要吃醋？我应该高兴啊，你们那么阳光，那么开朗，待人如此真诚重情，多美好的事情啊！何况，我有我的魅力，我相信你们会一直那么爱我而不动摇的！哈哈……

12月11日 星期一　晴

下午小丘来汇报工作，恰好我有空，打算和他聊聊。前两天和几个女生在聊元旦节目人选时，我提议小丘，刚说完立马遭来一片白眼，女生们一脸的嫌弃。我挺好奇小丘人缘怎么差成这样了，他可是副班长啊，记得刚开学的时候，他的威信挺高的，周末还有一大群女生去他家玩呢，这人设究竟是怎样崩塌的啊……

“小丘，你最近觉得怎么样？班里的事、和同学的相处、学习……这些方面感觉还好吗？”我问。

“嗯……”他思考片刻，“还行吧。”

“班级管理上呢？”我觉得大家不喜欢他可能与这个有关。

“就是觉得纪律挺难管的。”他摇摇头说道。

“你解决不了的问题可以告诉我，我们一起来商量解决。比如小袁上课老爱和同桌讲话，我们可以看看是不是可以给他调整一下座位，找个能监督他的同学当他的同桌。其实办法还是很多的。”

他听完我的话，若有所思的样子。

“好了，今天我就和你先说这么多吧，你是个聪明人，相信你是明白我的意思的。你还有什么问题想和我说的吗？”我和他聊了小半节课了，准备放他回去继续上自习课。

“有。”可他好像没有要回去上课的意思，“我觉得我们班的纪律有很大的问题！”他一脸的严肃。

“你的意思是，我们班的纪律很差？”

“嗯！”

我笑了，看来他这个副班长的要求可比我这个班主任要严格得多。

“大家都是十二三岁的孩子，我觉得有时候要求不需要太严格的。毕竟不是每个老师都喜欢鸦雀无声的课堂啊。比如你看语文课，是不是觉得纪律太差了？”我问道。

“嗯，是挺闹的。”他实话实说。

“对啊，可是他们并不是开小差啊，他们只是在讨论，或者在顺着我的思路拓展，这些都是可以允许的。”

“可是有时候他们离我太远了，我听不清他们是不是在讲与课堂有关的内容啊！”他辩解道。

“所以呢，你就专心听你的课，没必要整天竖着耳朵听他们讲什么，更没必要把班里所有同学都当作违纪的假想敌，这样你自己会很累的，而且吃力不讨好呢！”

他颇为认同地点了点头，我朝他笑了笑，结束了我们的谈话。

12月12日
星期二 多云

一早，一群女生涌到办公室把我团团围住。

“老师，我们的节目入围啦！”

“老师，我们是不是很厉害？”

“啦啦啦……有没有什么奖励啊？”

…………

这噪声制造的功力，我给满分。她们七嘴八舌、争先恐后地喊着，犹如在一面平静的湖水中投入巨石掀起巨浪，整个办公室热闹极了。每个人的脸上都绽开着花儿，抑制不住的兴奋使这群原本就很活泼开朗的女孩子手舞足蹈起来。连我这个原本安静的美女也被感染了，哈哈哈……

“老师，我们进了决赛，好威风的感觉哦！”

“就是就是，我看到评委老师都笑了……”

“肯定是觉得我们表演得太好了，忍不住赞许地笑了！”

“那是当然啦！老师，刚才走秀的时候小潘和小华都认真极了呢！”

哦？看来这两个平时吊儿郎当的家伙关键时刻还是能稳住的嘛。之前排练的时候，这俩篮球迷经常趁我不注意就溜去篮球场看别人比赛，走秀的时候也没个正形儿，还好，今天最后一次选节目他们没有掉链子。

学校在为元旦文艺会演挑选节目，每个班都可以报节目，数量也不限。我亲自帮他们排了一个综合性的节目，集唱歌、朗诵、走秀和书法为一体，浓浓的古风古韵，务求达到让人耳目一新的感觉。其实排这个节目也是出于无奈，因为班里没有特长特别突出的学生，所以我考虑单靠一种形式我们可能没有任何优势，所以索性来了个大杂烩，这样就能博采众长，也能让观众感受到多元素的艺术。

还有半个多月时间排练，希望我们的表演能棒棒的哦！加油！

12月13日
星期三　多云转小雨

一天都是雾蒙蒙的天气，让人很不痛快，下午还下起了小雨，感觉更冷了。

趁着下午没课，我打算批改一下周记。上周小王老师走了，看大伙儿那心灰意冷的样子，我感觉周记可能离不开这个话题了。果不其然，改了两组学生的周记，沉浸在一片“生离死别”的悲痛之中……看来分离对于这些十来岁的孩子来说，真的是挺残忍的。小王老师是来实习班主任的，为了让他尽快更深地了解班里的同学，我把周记交给了他批改。今天批改的时候，我特意翻看了他前几周写下的周记评语。

小王是心理学专业的大四学生，瘦小的个子常被误以为是初中生，样子很朴实憨厚，话语不多，刚开始接触时还让人觉得有点木讷。可是他来实习两个月，我们班几乎全部女生都很喜欢他。我并没有觉得很奇怪，小王自己还是个学生，所以他与这班孩子相处起来更像是同学之间的交往，但与普通同学相比，因为他年纪稍长，知识面和阅历也更广，准确地说，他在孩子们心目中是知心大哥哥的形象。他不是很擅长说，但却是一个很好的听众，孩子们的小心事都很乐意与他分享，而他在听完、看完这些青涩的心事之后，会写上一两句鼓励的话，就这样，俘获了孩子们的心。

其实，这并不难做到，尤其对于我们这些“资深”教师来说更是小菜一碟，但是，很多人确实没有这样做。我们整天嚷嚷着不懂这些“00后”“05后”脑袋整天想些啥，却又无法让他们向我们敞开心扉，或者对偶尔能向我们倾诉的孩子报以成年人的冷漠……总之，是我们自己关上这扇大门的，久而久之，这扇门会变成一堵墙，坚不可摧。这太可怕了！

我自认为自己这方面做得不错，但是，路漫漫其修远兮……我认识到自己还有太多太多需要完善的地方，认清了路，就勇往直前吧！

12月14日
星期四 雨

这种冷雨天，清早起床真是一种考验。

一上午的课让我有点力不从心，可能是我上课太爱讲了，尤其一讲起故事来，台下聚精会神，原本开小差、聊天、说笑的孩子们都听得津津有味。有了全神贯注的听众，我讲得更带劲了，达到忘乎所以的境界。一节课下来，才发现嗓子直冒烟；四节课下来，腰酸背痛、口干舌燥，咽喉严重充血。说真的，从中午下课到晚饭前，我都不想说一句话。然后周而复始，这算不算是一个恶性循环呢……

这大概就是教师的职业病，一会儿话痨一会儿失语，这份工作估计许多人还真的很难接受，能接受的都是真爱呢！

好了，今天有点累了，我想静静了……

12月15日 星期五 雨

一整天都是阴暗的天气，真让人都快抑郁了。

大课间的时候，一大群女生簇拥着小廖向我走来。

“老师，小廖生病了！”

“小廖可能发烧了，而且她还想吐。”

我看了看小廖，脸色是不大好，我摸了摸她的额头，然后再摸摸我自己。

“啊？你怎么……”我吓了一跳。

“老师，她是不是发烧很严重？该不是流感吧？”旁边的小甘大喊道。

我又摸了摸她的额头，再摸摸我的额头。

“你怎么这么凉啊，该不是我发烧了吧？”我一下愣住了。最近流感盛行，听说我们这里很严重，医院都人满为患了，而且我们学校的好几个班都有人感染了。我……该不会……唉，我这是干吗，人家不舒服我在这凑啥热闹啊！

“小廖，你想吐啊？该不是早餐吃了啥不卫生的东西吧？”我问道。

“没有，在家吃的早餐。”她有气无力地说。

“老师，她肯定是着凉了，你看，她才穿两件衣服！”一旁的小胡喊了句。

我一看，真的哦，10℃不到的天气，这家伙竟然只穿了两件衣服，外面那件还是单层的校服！

我嗔怪着拍了她一下：“你这家伙怎么回事啊？才穿两件衣服，这么冷的天怎么受得了啊！要不叫你爸爸接你回家吧！”

“不用，我爸妈上班都没空的。”她不打算回家。

“那你在这里坐着休息一下吧。”我指了指旁边的椅子，办公室里有暖气，感觉会舒服点。

“老师，我好饿……”小甘拿起我桌上的一瓶牛奶可怜巴巴地望着我。

我示意她拿去，她三下五除二地用了不到两分钟把一瓶奶

喝掉了。不过，这样一来，其他人不乐意了。

“老师，我也饿了！”

“老师，我也想吃东西了！”

“老师，还有没有别的可以吃的东西呢？”

……………

不得不说，一个女生的嗓音真的顶得上三百只鸭子，我这里有近两千只鸭子……经不住这闹腾，我从抽屉里拿出几包平时充饥吃的小零食，瞬间被一抢而空！看来，这不是一群鸭子，是一群饿狼吧！哈哈……

瞧吧，我是老师，我还自封“女王”，其实，我就是医生、保姆，还有零食仓库保管员……

12月18日 星期一 晴

一早气温低至0℃左右，我们在凛冽的寒风中升了国旗。

期中考试之前，我就跟大家说奖励前十名的同学自选座位，最近好几个同学催促我落实此事，于是我打算利用下午的自习课来调整一下座位。我打算直接到教室里给他们调整，调整完立刻就座，这样不但一目了然，而且他们有什么特殊情况还可以马上提出。

前十名的同学有六个集中坐到了第一组的第一排、第二排、第三排，他们事先征求了我的意见，我二话不说就答应了，毕竟说好了他们自选位置的。虽然这样给我调整其他同学的座位带来了很大的麻烦，不过我想我还是可以克服的。

花了差不多一节课的时间，总算把座位基本安排好了。其中的艰辛，真的谁试谁知道。一会儿这对不愿拆散，一会那个看不清黑板，要么就是前排个子太高，或者同桌太吵影响听课……当然，要兼顾所有人是不可能的，只能尽量照顾最有需要的人吧！

下课我刚回到办公室，一群孩子就追过来了。

“老师，”小黄可怜巴巴地看着我，“我不想坐前面，能不能把我调回后面啊？”班主任助理小黄哀求道。

“傻孩子，别人求之不得能调到前面，你竟然还……”我也是无语了。

“可是我习惯坐后面了！”

“老师，我看不清黑板！”小高在一旁嚷嚷着。

“你都坐在第二组第二排了还看不清黑板，应该去配眼镜了啊！”我很无奈。

“老师，我不想和小唐坐，帮我调个位置呗！”

“老师，我想坐第四组……”

…………

我索性不说话了，看着他们让他们尽情地说。

最后大伙儿都发表完意见之后，我说了句“容我想想”就打发走他们了。哎呀，调座位真的是个麻烦事！

12月19日 星期二 晴

清晨气温跌破0℃，无奈天气晴好，不然可以看到漫天飞雪了。粤北的天气就是这么让人无语，只有霜冻天气温度才低于0℃，下雨的时候再冷也有3~5℃，让我们只能翘首期盼寒假时能一睹北国的冰天雪地风光。

到了9点35分大课间，气温还是很低，即使在操场上晒着太阳，也感受不到丝毫温暖。为了取暖，我决定参加大课间的跑操。看我把厚厚的羽绒服脱了，一副摩拳擦掌的样子，孩子们都挺兴奋的。

“老师，您也要一起跑操啊？”

“老师，您行不行的啊？”

“老师，您跑太慢会被我们超过的哦！”

在大家质疑的目光下，我开跑了！我跑在队伍的最前面，学生们一个接一个地跟在我的后面，沐浴着阳光，一路踏着风，这种感觉棒棒的！旁边好几个晒着太阳看操的老师看我在跑操，都微笑着向我挥手，我也向他们挥了挥手。

冬天穿的衣服挺多，而且因为事先没准备，我还穿了双厚重的雪地靴。自从上个月参加半程马拉松赛的5千米欢乐跑之后，我就再没有跑过步了。本以为自己跑不完全程，没想到这个跑操的速度很慢，我完全能轻松驾驭。跑完之后，脸不红气不喘，我还觉得有点儿冷呢，赶紧穿上了我的羽绒服。

“老师，您还真能跑啊！”前排几个孩子由衷地感叹。这不是夸我，只能说他们之前小看我了。

“老师……”跟在我身后的小胡诡异地笑着，“老师，您穿这条裤子显得您的腿好短啊！”说完一溜烟跑了。

“哈哈……”

哼！小家伙们！小心我收拾你们！

12月20日 星期三　晴

一早回到办公室，就看到桌上放着几大包棒棒糖，我心领神会，抱起就走向教室。

一看见我，好吧，我承认是我手中的糖，全班沸腾了。真是一群小吃货！

“用掌声感谢我们既有爱心又慷慨的小赖同学！”我笑着说道，小赖害羞地把头低下了。是的，昨天第三节课我去巡堂，很不巧碰上了因为去小卖部买吃的而迟到的小赖，我没有批评他，因为他看到我站在教室门口时脸色惨白，看样子吓得不轻。但我们班事先就有约定，凡是这种情况，当事人要请全班同学吃糖。于是，今天我们有糖吃啦！哈哈！

每人一根棒棒糖很快就发下去了，这些家伙坐着一边看书一边吃得开开心心的，丝毫不替我这个站着上课还没糖吃的可怜人着想！教室里弥漫着各种水果的香味，草莓、哈密瓜、柠檬、葡萄……棒棒糖的棍子一端被孩子们紧紧地攥着，另一端的糖果，在嘴里不时和牙齿发生轻微碰撞，发出清脆的声音。当然，因为正在上语文课，我布置他们找课文中的好词好句，所以大伙儿也没光顾着吃糖，腾出了一只手不时翻动着书页，双眼目不转睛地盯着课文，这样的画面实在是太有趣了！看来还真得感谢小赖同学哦。

大课间我依然和他们一起跑操，因为之前说了跑得不好的同学要留下来继续跑，所以，跑操结束后我把全班男生邀请到了跑道边。

“刚刚跑操的时候我感觉你们好像不大会跑，来，再让我看看你们究竟会不会跑。不过我可把丑话说在前面哦，跑得最慢的三位同学要加一圈啊！”我交代完毕，一声令下，大伙像脱了缰的野马一样飞奔了出去。

大家都跑得挺卖力，跑得最后的三位是三个小个子，想着他们跑得慢可能也与身体因素有关，所以我就没规定他们第二圈要比赛了，尽量不要跑太慢就好。

这样跑完，不知明天的大课间跑操会不会好点呢？

12月21日 星期四　晴

今天语文课开故事会，考虑我们班的孩子们昨天上语文课才吃了糖，于是我把剩下的糖带去了3班。看着我带糖上课，大家都挺好奇的。

“老师，今天请吃糖啊？”

“是不是我们最近表现太好了，老师都忍不住要买糖来奖励我们啊？”

真拿这群自我感觉良好的家伙没办法，不过细想一下，这大概是随我吧，我就是这样一个自我感觉良好的人，嘻嘻！

“上来讲完故事的同学，就可以得到一个棒棒糖哦！”我笑着说，“昨天已经交代大家准备神话故事了，今天就该你们来讲了！”

第一个举手上台的是小罗，这孩子胆子很大，表现欲也很强，口头表达能力与以前相比也有很明显的进步。他上台讲了

《圣经》里很经典的亚当和夏娃偷吃禁果的故事，虽然还不算很流利，但是能脱稿讲并且讲得很详细，真的很不错！

小罗开场之后，接着小吴、小张、小周……一个接一个地举手上台，气氛很不错，讲的同学很认真，听的观众也很专心。我在一旁帮他们拍照、录小视频，也认真地听了每一位同学讲的故事，这场景让我觉得挺感动的。

3班的孩子成绩不是非常理想，考试平均分和8班相差整整20分，他们有些人上课也不太认真，爱开小差、讲笑话，还爱起哄，有挺多缺点而且还经常暴露出来，但是，我却很喜欢他们。他们待人很热情，心无城府，没有因为成绩不理想而自卑，甚至还经常自我调侃，即使有不足或者犯错误了，只要老师给他们指出，他们也都能接受并改正。在他们身上，我能看到很多可爱之处。

由于我的疏忽，开学忘记把我的QQ号给他们了。因为我经常在QQ空间发孩子们的照片和视频，所以我今天公布了QQ号，从中午开始到晚上，陆陆续续有二十多人加我为好友，感觉好像都要比8班学生多了。不得不说，用QQ和学生联系真的挺好的，他们会觉得和老师的距离一下子近了，更便于联系和沟通。

说实话，开学这么久了，这才是第一篇完全写3班的日记，我心里还真感觉有点愧疚。我是一名语文老师，教3班、8班，兼任8班班主任，我的主要心思都放在8班了，这是因为班主任的工作实在很多很多……不过无论如何，我承认错误，并且会努力改正，看我的吧！

12月22日
星期五　晴

我今天早上去参加了一个教研活动，有几位特级语文老师宣读论文。听完之后，我觉得自己太弱了。

印象最深的，是一位讲古诗词的老师，约莫五十岁，化了一个挺精致的妆容，说话抑扬顿挫，朗诵起诗歌来更是神采飞扬，最妙的是她还连跳带唱，特别有说服力，非常精彩。我想，一位这样有趣的语文老师上的课一定很吸引人吧，学生想开小差应该也很难做到吧。

反观自己，真的太弱了。上课总是一副扑克牌脸，偶尔笑笑，还被学生猜测是不怀好意、笑里藏刀……唱歌跳舞我更是不擅长，虽说去KTV唱歌时经常是麦霸，但关键时刻我这吼两嗓子的三脚猫功夫是拿不上台面的。像我这样上课就干巴巴地讲，学生会不会很快就厌倦我啊？想想都觉得好心虚。

之前曾经听一位老教师说：“现在我们讲课学生都不爱听，嫌我们老了，孩子们都喜欢年轻貌美的老师。”可是年轻貌美会随着时间流逝而渐渐消失，终有一天我们也将老去。不过，谁说老教师就一定不讨学生喜爱呢？学生喜欢的是有趣的、能给他们带来惊喜的老师，而与年龄无关。

嗯！立志做一名即使不会载歌载舞也要有趣、能带给学生惊喜的老师！

12月23日 星期六　晴

今天是周六，本来我不打算写日记的，但是因为一大早突然想起了上周课堂上发生的一件挺值得写的事竟然忘了写，于是在被窝里匆匆补写日记。

那是我在3班上《女娲造人》这篇课文，讲到女娲造人时，提到有的是精雕细琢的小泥人，有的则是用藤条蘸泥浆，然后用力一甩溅出的小泥点，最后幻化成人。马上有小机灵鬼在台下说："难怪有些人长得美，有些人长得丑！"

台下一阵哄笑，接着马上有很多人七嘴八舌地应和着。

"对对对！像小A这种，就是小泥点咯！"

"不对，小B才是！"

"还有小C！我们班最丑就是她了！"

"小D也很丑啊！"

…………

班里几个调皮鬼声音特别大，引来一批围观不怕事大的人在讪笑。而被他们点到名的这几个孩子则很尴尬地低头不语，另外一些敏感的孩子也面露慌张，生怕过一会儿也被他们调侃。

我立刻制止了他们的闹剧，表情严肃得仿佛火山要喷发。见我这副模样，那几个调皮鬼立刻闭嘴止笑，双手在桌上整齐地放着，坐得笔直。是的，我极少这样。

“你们说话能不能先经过脑子想一想？”我声音不是很大，但语气很重，“任何时候，都不能对别人进行人身攻击！”我放慢语速，更加重了语气。

“你们说话做事，可以对事，但绝不能对人！你可以指出哪件事办得不妥、有什么不足之处，但你不能攻击个人，尤其是别人的长相！”全班同学都屏住呼吸端坐着，我的语气听起来尤其的重。

“在我看来，大家的模样都挺可爱的，何况，长相是天生的，就算你自认长得漂亮，这难道就是你的功劳吗？说话做事应该多替别人着想，不能口无遮拦、哗众取宠，你随便打趣的一句话可能就是一把利剑，直插别人心脏。你们想想，换作别人，这样羞辱你，对你人身攻击，你心里好受吗？己所不欲，勿施于人！”

台下的那几个调皮鬼看起来若有所思的样子，他们毕竟还是小孩儿，我想他们还是需要时间去消化一下的。我不是一个啰唆的人，点到即止。

其实这种事情在小学、初中挺普遍的，但我觉得老师必须及时纠正，因为孩子们不会随着年龄增长而自己慢慢改正这种行为，相反还可能会变本加厉。作为老师，不管我们教哪门学科，不管我们的课程进度有多紧张，这个德育不能缺失，而且应该及时进行。毕竟，教育者的终极目标，是培养一个正直善良的好人！

12月25日 星期一 晴

今天一早升旗仪式后的校会，政教主任发放文明班的奖状。学校每月进行一次文明班的评比，主要考察班级有关迟到、早退、穿校服、班级卫生等情况，还有各项常规表格的上交情况。开学至今，我们班没得过一次奖状。记得第一次颁奖时，我故意可怜巴巴地和孩子们说，啥时候也让我能上台去领一次奖，他们信誓旦旦地说“没问题”，不过说完还是加了一句：“我们做人很低调的。”

今天，看着别的获奖班级的班主任纷纷上台领奖，我灰溜溜地站在队伍后面，眼角的余光瞟见他们在议论纷纷，声音不算很大。

“老师好可怜啊……”

“是的呢，又没能去领奖。”

“隔壁班都评到了……”

突然，小甘回头朝我喊了一句：“老师，我们对不起您！”

我看了他们一眼，故意不说话，继续可怜兮兮地看着台上领奖的老师们。

语文课，他们以为我会和他们讲这个事情，可我偏不讲。今天我带了两个毛绒娃娃（一个哆啦A梦和一个粉色的小章鱼）和12根棒棒糖，这是诗歌朗诵会的奖品，两个毛绒娃娃对大家的诱惑挺大的。

“这两个娃娃虽然不是很值钱，但这可是我送的礼物哦，我第一次把娃娃作为奖品，可以说是绝版的哦！”我故弄玄虚。

“哇！我想要！”

“等一下诗歌朗诵会，同样以自愿为原则，有12个名额，最后我们一起选出一名朗诵得最好的同学和一名第一次上台但表现很棒的同学，这两名幸运儿可以得到绝版娃娃哦！”

接下来的朗诵会，你们真的无法想象孩子们有多么踊跃和热情，而且很多人还超水准发挥了，我都被他们感染了，由衷地觉得他们真的超棒！

之前已和他们约定，下课前必须有12位同学自愿上台朗诵，否则送每人一个“大礼包”（作业）。不过后来我发现担心没人上台真是多虑了，每次一位同学朗诵完，台下众多小手举得高高的，有些同学还一个劲地央求我给他机会上台，弄得我都相当为难。最后，12根棒棒糖和两个娃娃都顺利送出了，但看得出来，大伙儿还是意犹未尽的，他们还想继续朗诵。有些人还埋怨我的礼品太少了，直到我答应下次一定再举办类似的活动时，他们才肯让我下课。

下课回到办公室，我刚坐下，就看到对面办公桌上摆满了糖果，原来是学生送给他们老师的圣诞礼物。我……我……好吧，我才不在乎呢！我知道他们心里是爱我的。不过，我需要一颗糖安抚一下，我拿出一根棒棒糖，嗯，好甜……

12月26日 星期二 晴

下午进行元旦文艺会演，排练已久的节目终于要上场了，还真有点小兴奋呢！

中间发生了一个很不愉快的插曲。事情是这样的：昨天小潘对我说他不能上台表演了，因为他的脚严重扭伤，连走路都困难。看他挺无奈的样子，我答应了，立马找了小丘来顶替，小丘倒是爽快得很，二话不说点头答应了。我觉得这次这孩子的表现还真是挺好的，表演前一天临时找他顶替确实是挺为难人的。因为服装是大家之前就买好的，所以我建议小潘把他那套衣服借给小丘穿，小潘嘟囔了一句“他那么胖不一定穿得下

哦”，但还是答应借给他。可是，问题就在这里，虽然我从昨天早上、昨天下午到今天早上一直不停地问小潘服装的事情，但这家伙一直搪塞，直到下午，衣服还是没有着落。

是的，会演已经开始了，小丘还是没有拿到表演的衣服。我立马打电话给小潘的爸爸，想请他回家把衣服拿来，小潘一直支吾着说他爸不知道衣服在哪，一会儿又说衣服不知道有没有被他妈妈退货。我感觉有点不妙，拨通电话后，让我万万没想到的是，得到的答复是小潘根本没有买服装！当时我内心的愤怒……此处省略一万字。

小丘的表演服本该是一套汉服，临时让我去哪借啊？我几乎要考虑干脆别让小丘上场了，可是一看到他那满脸期盼的样子，我又实在于心不忍了。我满场上蹿下跳地找可以用的服装。最后，我找参加前两个节目表演的一个女生借了一件外披，硬是给小丘披上了。说实话，真的有点牵强，对于这个比较喜欢臭美的孩子来说，这真的有一点点破坏形象。可是，小丘并没有计较，从容地穿着单薄的外披就走上台了。

台上的表演很精彩！毕竟孩子们也排练一段时间了，大家都倾注了很多心血，从每一次的排练，到购买汉服，再到无数次彩排、化妆、表演前忐忑的等待……终于到了这一刻。优美的旋律响起，小珊、文静和小廖的合唱声音清脆悦耳，舞台两边负责书写书法的小甘和小黄满脸的认真专注，汉服走秀的三组同学也都很淡定自如，负责朗诵的小雷和小郑把《弟子规》念得声情并茂……我简直陶醉了，这就是我们班的孩子，多让人骄傲啊！

节目受到了全校师生的一致好评，还有人竖起大拇指对我说第一名非我们班莫属呢！哈哈，我们并不是为得奖而表演的，不过获奖正好可以证明我们的实力，所以我们也很欢迎！

下台后，小丘不知何时穿上了一起表演的小华的那套帅气的服装，果然比刚才他那件单薄的外披要好看多了。他穿着小华的演出服在学校里走来走去，还暗暗地对我说，他穿着这套衣服收获了超高的回头率，真是可爱的孩子！

12月27日　星期三　多云转晴

今天早上我利用早读课，专门讲了昨天元旦文艺会演的事情。首先，我大力地表扬了参加演出的所有演员，他们真的太棒了！接着，我特别提出了对小丘的表扬，表扬他为了维护集体利益不惜牺牲个人形象的大无畏精神，我的表扬感染了不少人，可能因为我说得比较中肯吧。

"前段时间军训，小丘的表现不尽如人意，还当了一回逃兵！"我瞄了一眼小丘，他惭愧地捂着脸笑。"说实话，那次他在我心中的印象减了不少分，相信在大家心里也一样吧！可是，这次会演，小丘的表现着实给自己大大地加分了！"我又看了一眼小丘，他的头昂起来了，脸上挂着骄傲的笑容。

对于参加表演的同学，他

们既出钱（演出服装是他们自己掏腰包购买的）又出力，我觉得单是口头表扬是不够的，我专门买了些本子，提议全班同学在本子上签名，然后送给参加表演的同学每人一本。我带头在本子第一页最上方写了一行字：“××，你辛苦了！”然后签上我的大名。大家都很喜欢这种本子，觉得很有纪念价值。

其实，本来我还想狠狠地批评一下小潘的，他昨天真把我气得不轻。不过，我还是忍住了。犯了那么大的错，他肯定是清楚的，晚上回家估计也没少受父母批评教育，我就不专门在全班面前说他的事了。一来我打算冷处理一下，二来在全班同学面前，我还是喜欢以正面教育为主，树立榜样，有时榜样的力量比杀鸡儆猴效果好得多。

12月28日

星期四　多云转晴

上完第四节课，我把小杨叫到了办公室。

“小杨，棒棒糖我们大家都吃腻了，糖尿病都快吃出来了，所以这次我们不想吃棒棒糖了，换一种，你觉得如何呢？”我笑着和他商量。

“嗯……那要不买饼干吧？”他思忖片刻答道。

“饼干好买吗？小包的？可得有50份哦……”我问道。

“要不辣条？不，太不健康了，还是饼干吧！我放学去看看。”他倒是挺爽快的。

“你知道为啥要你请客吗？”我挺好奇他为什么一直没问我。

“知道啊，上课吃东西呗！”他很不以为意的样子，一看就知道是“惯犯”。

“你妈妈给你的零用钱是不是太多了点？用不完吗？”我有点看不惯他的不以为意。

“不是啊……”他神情开始有点郁闷。

“你看你一天到晚都在吃零食，下课买来吃都吃不完，还得上课偷偷摸摸吃。独乐乐不如众乐乐，让大家陪着你一起吃吧！”

“嗯……好吧，我明天带来。”他语气并不沉重。

“以后你打算上课吃零食的时候，记得多买49份啊，我们一起陪着你吃啊，大家一起边吃边听课，多高兴的事情啊！”我调侃道。

“别别别，我可怕了，下次再也不敢上课吃零食了，我的零用钱全部贡献出来了！”他有点沮丧。

“全贡献了？”我有点高兴，“那挺好的，以后少吃零食多吃饭，看你这小身板！”我拍了拍他的肩，“记住，上课不准吃零食！”

“好！”

12月29日
星期五　晴

今天是2017年最后一个工作日。时光荏苒，又过了一年，万般不舍啊！这大概就是上了年纪的人才会有的感叹吧……

“老师，您这有啥吃的？”

“老师，我饿了……”

拜托，现在才两点啊，小姐姐们！就饿了？才不是呢，这群孩子死死地盯着我桌上的糖——小杨给大家的福利。

“不行！”我拍了拍小陈那双伸向牛轧糖的魔爪，“一会儿语文课会发的啦！别迫不及待的！”

今天上课，我要和大家玩一个跨年的神秘礼物交换游戏，大伙儿都特期待呢！我刚进教室，机灵鬼小雷就接过我手中的糖自告奋勇负责发糖。孩子们从小雷那里接过糖果，熟练地打开包装纸然后往嘴里一塞，整个过程不超过10秒钟！想当初我第一次在课堂上发糖，那次好像是奖励我们班期中考试语文考了年级第一名吧，我和大家说拿到糖就马上吃了，教室里立刻像炸开了锅，大家一脸不相信地看着我，都不敢拆棒棒糖的包装纸。这……我眼前是同一群孩子吗？我怎么那么不信呢……

大家尝着嘴里甜蜜的糖，我说了游戏规则：每人准备一张小纸条，上面写着你打算送出的新年礼物和自己的姓名。这份礼物不需要很贵重，甚至可以是自己亲手制作的，必须是一份有诚意、有心意的礼物，然后把纸条折好，由我统一收取。元旦假期大家各自准备好礼物，然后全班同学抽奖，抽的就是大家写好、折好的纸条，最后由纸条的主人把自己精心准备的礼物送给这位幸运儿。怎么样，是不是很有趣、很刺激、很好玩？嘿嘿，这可是我设计的游戏！

在大家的热情邀请下（其实我早打算要一起玩了），我也加入了，我在纸条上写了两个字母——“k”“t”，就是“Hello Kitty”的意思，哈哈，谁叫我是“Kitty控”呢……

第五辑

正月献岁　百卉含英

1月2日
星期二　多云

新年第一个工作日，我抱着个Hello Kitty娃娃走进教室。台下一片欢呼，大喊“交换礼物咯”，一阵骚动之后，我示意大家安静。

“学习送礼两不误，先上课，最后留十分钟抽礼物！”说完，我立刻打开了课件。

终于到了抽奖时刻了，为了节约时间，我掏出了上周五大家写的小纸条，像洗牌一样打乱了顺序，然后按座位顺序发给他们，每发到一个，我都会打开纸条念上面的名字，他们下课就可以凭着纸条去找那个同学兑现礼物了。

对于我这个好奇心爆棚的人来说，能看看他们送出的礼物是什么也是很有趣的。写纸条之前我就和他们说了，礼物不需要有多贵重，但要有心意。

男生的礼物普遍比较随意，小摆件、零食和书比较多，毕竟很多男孩子还是心大，根本想不出什么别出心裁的礼物，或者也根本没花什么心思去想。女生就不同了，心细得很，不但都精心准备了礼物，说不定还在心里不停地猜想这礼物会被谁收到？对方会不会喜欢？会不会正好能送给自己欣赏的人？

所以这些礼物都是千挑万选出来的，有自制的手工作品、亲手烘焙的小饼干、种了很久的桌面植物，还有人送对方一个点歌的机会，可以随意点喜爱的歌请送礼人唱……多有心思的礼物啊，我都好想要呢！

好不容易为所有纸条找到了主人，我感觉大家都挺开心的，毕竟这份礼物是一份心思，送礼人可能不是你的闺密，不是你的好友，只是班里某位还没聊过天的同学，抑或是坐在教室最后一排那个文静的女生，当然，也有可能是自己欣赏的男孩或女孩哦……嘿嘿！

拿着礼物，希望大家能一起度过快乐的2018年！对了，我抽到的礼物是一个娃娃，因为送礼人忘带了，所以我得明天才能拿到……

1月3日
星期三　多云

我今天特意来得早些，准备瞧瞧这群孩子早上来到学校都在干什么，结果在办公室耽误了一会儿，早读之前的眼保健操音乐都响起了才忙完。我捧着书走向教室，途经办公室隔壁的6班，发现这个班的孩子们都在很认真地做眼保健操，一个班干部站在讲台边上，大概是负责管纪律的吧，但其实真没啥好管的，大家都很自觉。我心里暗暗地给他们点了个赞，我想我们班应该也是这样的，或许，还能更好点？嘿嘿……

下了一层楼梯向右转就是我们班的后门，我站在那里，双腿如灌了铅。教室里一片吵闹：聊天的聊天，说笑的说笑，还有赶着抄作业的、吃早餐的，甚至在教室后面拍篮球的……只有前两排几个老实巴交的孩子在做眼保健操，班长站在讲台旁边，一副由得你们自生自灭的表情。

突然，有人发现我站在教室后面，立马小声（其实全班都能听见，包括我）地示意大家，顿时，谈天说地的闭嘴了，抄作业的慌张地把本子往抽屉里塞，吃早餐的急忙咽下嘴里的包子，拍篮球的也顺势把球滚到了课桌下面。仿佛半分钟前的那个场景是我恍惚间的错觉，眼前一片安静，大伙儿都很认真地做着眼保健操，偶尔也有人睁开一只眼睛看我的脸究竟有多黑……

终于熬完眼保健操的时间，大家把眼睛睁开后，战战兢兢地望了望我，然后低下头来。我知道，此刻他们特别害怕和我对视。我神情非常严肃，本想在心里默念十个数平复一下心情再开口，但是我忍不住了。

“你们刚才没有听到眼保健操的音乐吗？不知道这个时间该做什么吗？”我的音量不小。

“知道。”下面有弱弱的声音回答。

“知道那你们为什么不做？你们在干些什么？聊天！吃早

餐！抄作业！打球！比菜市场还吵！班长在上面形同虚设，其他的班干部也不知道在干些什么！如果4个班长都觉得管不好这个班，那你们4人就集体辞职吧！”我实在是很气。

台下48人脸色凝重，大气都不敢出，听着我训话，坐得还是很端正。

“从今天开始我就来狠抓一下纪律，希望你们不要往枪口上撞，撞上了我可不会轻饶！”我悻悻地撂下最后一句话，然后示意科代表开始早读。点到为止吧，我不是一个啰嗦的人。在朗朗的读书声中，我走出了教室。

路上，我还是很气，这群家伙太不争气了。又经过了6班，他们也在早读……我突然觉得自己好像……有种说不出的感觉。我为什么要发火？固然他们是表现不好。可我为什么要发那么大的火？是因为我去教室之前看了别班学生的表现？是我对他们期望太高，还是我太争强好胜而不能接受他们不如人家？我突然觉得很惭愧，怎么能这样？就因为一点虚荣心发那么大的火，我真是太不应该了。作为一个老师，遇到学生表现不好，没有耐心地引导和教育他们，这样急躁易怒只会把我与他们之间的距离拉得更远，唉……

上完一节课，我灰溜溜地瘫在椅子上，心情莫名的烦躁。

“老师，有没有好吃的？”

“老师，这个音乐盒好好看啊！谁送的？”

“老师，我今天睡过头没来得及吃早餐……”

一群小吃货围得我水泄不通，眼睛把我整个桌面扫视一番，就为了找点填肚子的东西。

“有有有！你们这群家伙，正好我带了饼干来！”我笑着拉开抽屉，和这群吃货一起分享饼干。

1月4日
星期四　多云

下午我没课，专门回学校批改周记。

说起周记，我有种特殊的情结。读初中那会，我的班主任是政治老师张老师，一个临近退休的很有个性的老师，虽说是教政治的，却满身的文艺气息。他要求我们每周写周记，他会很用心地批改我们写的每一篇周记，有时还会为我们定周记的话题，并且会在下一周的班会课请几位写得好的同学上讲台去朗读周记。那时候的我还是一个安静的美少女，闲暇时喜欢写几个字，没想到我的文字还挺对张老师的胃口，于是经常上台读周记。可以说，正是这种别人觉得无关紧要的机会，开启了我的文学之旅。

回想起来，那时候自己写的东西真的很稚嫩，周记本我至今还留着，每每翻开，都看得面红耳赤的，真不知自己当年哪来的勇气，还自以为很棒，在讲台上骄傲地读着这些现在看来拙劣得很的文章。当然，现在再看，尤其是看到张老师写的评语的时候，真的觉得很感动。一位资深老教师，如此用心，如此细心，如此贴心，我真的自愧不如。

现在，我花最多时间批改的就是周记了。我也会很用心地去看每一篇周记，像当年张老师看我的周记一样。因为孩子们刚上初一，写周记的习惯才刚刚养成，所以很多学生一开始还是难免会把周记当成作文来写，什么“我最喜欢的人啊”“第一次炒菜”之类的，我尽量耐心地去引导他们。我知道，不能一下子要求他们敞开心扉对我说内心深处的小秘密，但随着时间的推移，我与他们之间不断增进了解，他们迟早会愿意和我分享很多悄悄话的。现在，一个学期快要过去了，每次批改周记都能又多发现几篇写自己内心情感的文章了，这也代表我与他们之间的信任又加深了。

不得不说，写周记是个好习惯，是积累，更是积淀，可以丰富我们的人生。不过我的境界更高，我写日记，哈哈！

1月5日 星期五 雨

我今天早上没课，便请假去看牙医。不得不说，这世界上很少有比看牙医更恐怖的事情了，且不说各种酸痛难忍，单是那电钻头发出的声音就要把人吓坏。这些都还不算什么，今天的治疗过程很痛苦，所以医生给我打了两支麻药，麻药一起效，即使嘴里正在“星球大战”，我也能岿然不动，只是苦了我那张脸、那张嘴，麻了整整半天！是的，半天！午饭无法吃，下午还有两节课……

由于麻药作用，我的右半边嘴唇完全不能动，只要一张嘴说话，嘴就是歪的，连喝水都会漏。可我就这样讲了两节课，而且没有被发现，连我都佩服我自己了！这是一种什么样的精神啊？这……这简直就是舍己为人的精神嘛！

下午的复习课，我请了8位同学上台带领大家复习了8首古诗，其中好些同学是第一次上台的。回顾这学期，上台来讲课或朗诵的同学也差不多有一半了，好些同学都很大胆地挑战了自己，还有一些更是意外发现了自己的潜能，我真心替他们感到高兴。这种学习，这种锻炼，对于他们以后的成长来说，效果更甚于考试得满分。

好了，我的牙一直在抗议，疼得我整个脑袋都快要炸裂了，我想静静……

1月8日
星期一　雨

今天最高气温不到4℃，还一直下着雨，尤其是一早，雨势还颇大。考虑到路上的安全问题，我赶紧发了信息给家长，请家长提醒孩子注意安全，路上一定要小心。

回到学校，看着教室里坐着的孩子们，觉得他们也挺不容易的，有些外套湿了搭在椅子上，还有很多人穿着湿漉漉的鞋子一个劲儿地在抖……我再次提醒他们一定要多穿点衣服，因为天气太冷，在教室里即使门窗紧闭也会越坐越冷的，一冷了别说认真听课了，坐都坐不住呢，还特别容易感冒。最近班里每天都有人因为感冒发烧而请假，落下一堆功课不说，关键是自己还遭罪。

我今天穿得很厚，都快成熊一样了，看着他们瑟瑟缩缩的样子，我只能说年轻就是任性。

下午批改周记，竟然改到一本相当任性的，上面只有一行字：“本周无大事，下周再说。”看了一下本子的主人，是小雷。我叫了个同学把小雷叫到办公室来。只一会儿，小雷就风风火火地赶到了，“老师，您叫我吗？什么事？”

我没吭声。

小雷看到我桌上放着他的周记本，恍然大悟道：“老师，我错了！我明白了！”这个机灵鬼嬉皮笑脸地跟我打哈哈。

我微笑着看着他，“你不明白。”

“老师，我明白了！我以后不会这样写了，真的……我明白了！”他还是极力地想弥补些什么，大概是有点了解我的个性，知道我不会轻饶他。呵呵，这家伙！

“你不明白我的意思，我打算帮你补一下写作呢！”我面带笑容轻声细语道。

“啊？”他一脸沮丧，“不用了吧……”

我心里暗暗偷笑，看你还给我偷懒不。接着还是微笑着对他说：“今天你回去写一篇作文吧，记事的记叙文，可以写家里或者学校的事，写亲情、友情什么的都可以，要有正能量，600字左右。你写完了明天我帮你改，一直到你写好为止。”我的语气很坚定，不容置疑，但仍然面带微笑。

“嗯……好吧。”他很无奈地说道。

“这一对一的补习机会可不多哟！你可要好好珍惜。”我拍了拍他的肩膀，愉快地结束了我们这次谈话。呵呵，希望他也和我一样愉快。

1月9日 星期二 多云转晴

最后一节是3班的课，大概因为是第四节课，肚子饿了，精神也涣散了，有些人开始开小差、讲笑话了，于是我索性从正在讲评的阅读题拓展开去，和他们分享了两个我教过的学生的真实故事。我没提醒他们我要讲故事，但我刚开始说，大家就慢慢安静地听起来。

第一个故事是一个女生在周记里写的事情，她说她和她的好朋友已经疏远了，原因是觉得她不配做自己的好朋友。上周家长会，学生可以先放学，她就和她的好朋友一同骑车回家。在学校门口的拐角处，从马路对面传来一声呼喊，喊着她好朋友的名字，她连忙提醒好朋友，只见好朋友抬了一下头，然后一脸漠然，转身对她说了句“我不认识”，最后拼命蹬了一脚自行车走了。她看了看马路对面那个穿着脏脏的工作服的中年男子，那轮廓，分明就是好朋友的爸爸。他很失落地低着头走了。

这件事情后，她就慢慢地疏远了这个好朋友。她说，一个连自己的父亲都嫌弃的人，不配做她的好朋友。

第二个故事是我亲眼看到的。他是我曾经教过的学生，一个很不起眼的男孩。有一次开家长会，我从办公室走出来准备去教室迎接来开家长会的家长，经过走廊时往楼下望了一下，看见他正急急忙忙地往校门口跑去。我有点好奇了，停下脚步看了看，只见他走到一位个子瘦小的中年男子身边，一把搀扶着他朝教室走来。那应该是他爸爸，还没他的肩膀高，而且腿部有严重的残疾，走路的姿势不好看。他搀扶着他的爸爸，一路上有正在放学的同学投来的异样目光，但他完全不以为意，俨然他身旁的是一位德高望重的尊者。

这件事之后，我对他刮目相看，后来他做了语文科代表。

这两件事很小，是我从正在讲的阅读文段《父亲的爱》中想到的生活中的小插曲，却发人深省……

1月10日
星期三　多云转晴

下午回到学校，副班长小丘递来一个本子，说道：“很多人在书法课上讲话，还有人擅自调位置。”本子上记了两行的名字，都是平时上课不太老实的学生。我示意小丘来办公室，他高高兴兴地跟着我走了。

我坐下，指了指旁边的椅子让他也坐着。

“最近状态怎样啊？”我很随意地问他。

"什么状态？"他一脸茫然。

"我觉得你最近状态不太好。"我开门见山。今天早上科代表交给我的没交作业的学生名单里，每科都有小丘的名字，最近我也和小丘的妈妈联系得很频繁，他妈妈说他在家的状态不大好，和他谈了几次也没有效果。

"嗯。"小丘点了点头，身子从椅背上直了起来。

"有什么具体表现吗？"我问道。

他又把身子向我这边靠了靠，"我就是觉得很烦躁，比如写作业，写到不会的地方或者有点难的地方就觉得很烦，觉得做这些事情都很无聊。"

"那有什么你觉得感兴趣的事情吗？"我继续问。

"嗯……我也不清楚……"他摸了摸脑袋。

"比如，上课……"

"嗯……一般吧！"看他很勉强的样子，估计是怕我觉得他不喜欢我的语文课吧。

"写作业？"我只能采用挤牙膏式的提问方法。

"无聊！"他毫不留情。

"考试？"

"更无聊！"

"那自习课管纪律呢？"

"这个刺激！"他兴奋得屁股都几乎离开椅子了，"我喜欢干这个，这个最好玩！"

好吧，我知道该如何对症下药了。

“你作为一个副班长，当然是要负责管纪律，不单是这个，你还应该在方方面面都起到表率作用，你说对吗？”我望着他问道。

他毫不回避我的目光，但眼里没了刚才的光芒。“对。”他一边说一边点了点头。

“你做了这么久的班干部，应该深知威信的重要性。没有威信的班干部是管不了大家的，即使别的同学没有当面直接说你什么，背后肯定对你的管理表示不服。这样的话，你作为班干部还怎么开展工作呢？”我声音不大，但话语是有分量的。

“对班长要求当然会比较高，你每个方面都应该力求做得比别人更好，这样才能树立威信，才能更好地履行你作为班干部的职责。但是，现在你连最基本的作业都没有完成……”我盯着他。

他低下了头，没有吭声。

“刚才你所说的，写作业遇到困难、感到烦躁就放弃，这种情况其实在别的同学身上也有。”我语气缓和了很多，他听到我这样说，很是不解地望着我。“在困难面前，很多人都有放弃的念头。但是，大部分人的这种念头只是一闪而过，因为他们还考虑了放弃的后果。做事考虑后果是一个人成熟的标志。你和成熟的区别就在于你遇到困难时没有考虑放弃的后果就直接放弃了，这样下去，你将会一事无成的。”我的语速很慢，因为我希望他能听明白我说的每一个字。

“嗯。”他又点了点头。

"我希望你能改变一下现在的状态，遇到困难不要轻易放弃，咬咬牙再坚持一下，你就会发现学习不是你想象的那么难，那么无趣……对自己要求严格一点，我相信你行的！"

"嗯！"他用力点了点头。

"那你先回去自习吧。"我打算结束这次谈话了。

"老师……"他盯着我桌上那本违纪登记本，示意我是不是该处理一下名单里的同学。这家伙，这方面要求倒还挺严格的。

"对了，帮我把这些家伙请来办公室吧！"我指了指名单。

"好！"他很兴奋地一溜烟跑了。

1月11日 星期四 晴

接到通知，七年级语文期末考试被抽中全区统测。一时间，气氛明显不一样了。老师们都格外地紧张起来，加课的加课，检查背书的检查背书，弄得我好像突然成了闲人。不是我抓得不紧，只是我觉得，统不统测又怎么样呢？难不成不统测就不用期末考试了吗？何况语文这学科，靠的是平时积累啊，临时抱佛脚的话，作用应该是不明显的吧……

下课，小胖子小袁跟着我进了办公室。这是我要求的，每节课下课来办公室跟我报个到。嘿嘿，这小家伙，上课老是讲话，被科任老师和班长投诉了很多次，而且他还有个坏习惯：一下课就往楼下小卖部跑，什么辣条啊、可乐啊，什么不健康就买什么，常常吃得满嘴油，直到上课铃响才踉踉跄跄地跑进教室。于是，我昨天交给了他一个任务，每节课下课必须来办公室找我报个到。

“刚才上课，我发现你昏昏欲睡哦……”我望着他那胖嘟嘟的脸蛋实在气不起来。

“嗯……没有……没睡着呢……”他吞吞吐吐。

“这样吧，小袁，你实在太困的话，我打电话叫你妈妈送床铺过来，让你睡得舒服点，需要被子不……”我打趣道。

“不……不用……我不困……”他连忙摇手。

“那要不你站着上课吧，这样就不会睡着了。”我继续说。

“不……我真的不困了，下节课保证认真！”他急得提高了音量。这小家伙真是挺逗的。

第二节课下课，小袁如期而至。

“刚才上课有没有讲话啊？”我笑着问他。

“没有！”他挺自豪的。

“小袁，今天你还没去小卖部哦……”我故意逗他。

“每节课下课都来办公室报到了，哪里还有时间去啊？”

他嘟囔道，腮帮子一鼓，脸蛋更圆了。

“整天买那么多辣条、可乐干吗啊？味道很好吗？”其实我蛮不解的，可能我年纪大了，真心受不了那股味儿。

“我现在都不买可乐了，我不喜欢喝，辣条嘛……嘻嘻！”看他的样子，估计满脑袋都是辣条吧！

“来，吃点不？”我递了一个牛皮纸袋给他，里面装着姜糖。

他伸长脖子，往袋子里望了望，一看是姜糖，不感兴趣地摇了摇头。嘿，这家伙，就喜欢垃圾食品！

第三节课下课，一群人簇拥着小袁一起来到办公室。

“老师，小袁刚才讲话了！”

“他上课又和同桌讲话，老师都看到了，还说了他呢！”

……

一群不嫌事大的好事者吵吵嚷嚷的。

我望着小袁还没来得及说话，他就急忙开始辩解了：“老师，我就是看不到黑板，然后问我同桌的。”

“亲，”我笑着对他说，“你可是坐第一排的哦！”

“老师，我的位置看黑板会反光的，真的看不清，不信你去试试。”他怕我不相信，像是要立刻带我去“案发现场”似的。

“那你就不能下课再抄同学的笔记吗？或者你要问同桌也应该小声点啊，怎么能影响老师上课呢？”

“我知道了，老师。”

第四节课下课，放学了，这家伙还来了一趟办公室，背着书包问我："老师，我可以放学回家了吗？"

"可以啦！"听到我的回答，他放心地转身准备走，"等等！"我从他书包的侧袋里抽出露出来半截的可乐瓶子。

"这是啥？"我笑得有点不自然，"不是不喜欢的吗？"

"嗯……昨天买的，真的是昨天喝剩下的！老师，我下次不买了……"说完，一溜烟跑了。

这家伙，大冷天的，天天辣条和可乐，真得帮他给戒了！

1月12日
星期五　晴

小伍这个女孩挺有灵气和个性的，我一直都蛮喜欢她。此刻，她坐在我旁边，局促不安。

昨晚8点多小伍的妈妈找我，说小伍还没回家，挺着急的。最后到了9点多，小伍才回家，她妈妈把她打了一顿，还希望我今天找小伍聊聊。正好政治老师请假，第一节课改为自习课，所以我就把小伍叫来了办公室。

"昨晚为啥那么晚回家？"我开门见山。

"朋友请我吃饭。"她声音不大。

"哪个朋友？为啥请你吃饭？"我追问。

"一个4班的，一个7班的，我们打赌，她们输了就请我吃饭。"她轻描淡写。

一个13岁的女孩，放学不回家，和"朋友"出去吃饭，一直到晚上9点多才回家。家里人快急疯了，她却还那么不以为意……

"那么晚回家，你有没有考虑过家人会不会担心？"

"我没手机。"她和我不在一个频道上。

"小伍，"我对她这种态度有点不满，"我一直觉得你是一个懂事的女孩，从刚开学我就很看好你，还对你委以重任。"我先表扬了一下她，不过她神色仍然凝重，大概清楚后面还有话吧，"但是，你怎么不知道体谅一下父母呢？"

我记得刚开学，有一次学校要求登记班里的低保户的家庭信息，我当时在家长微信群里说明了一下，小伍的妈妈以为是申请低保户，还专门给我打电话了解情况，由此可见她的家庭着实不宽裕。

"你妈妈在哪儿工作？"我问她。

"在××厂。"她低下了头，"很辛苦。"

"爸爸呢？"

"也是。"

"家里有兄弟姐妹吗？"

"有一个姐姐和一个哥哥。"

唉，真的不容易啊！

“你爸爸妈妈上班那么辛苦……你妈妈说他们一个月都休息不了一天，多累啊！”我一直盯着她，她双眼泛红，泪水在眼眶里打转。“上了一天班，回家还要给你们做饭，还有一堆的家务事，还要操心你……你有没有想过，你9点多才回家，父母在家里是怎么想的，有多着急你能想象吗？”

她泪流满面，我给她递去一张纸巾，她很有礼貌地说了声谢谢。

“你妈妈昨天打你了吧？”我问道。

“嗯。”她低头，很小声地回答我。

“她打你打得有多重，就代表你在她心目中有多重要，就代表你晚归她有多着急！你懂吗？”

她点点头，泪水哗哗止不住地流下来。

好了，我觉得这次谈话基本上效果应该达到了，拍了拍她的肩膀，语重心长地说：“这次你犯了错误，但我相信你已经认识到并且会改正的。在老师心目中，你仍然是一个好女孩，但是，我希望你以后能做得更好，好吗？”

“嗯，好！”她站起身，临走时还不忘说了句“谢谢老师”。这孩子其实真的挺不错。

1月15日
星期一　晴

今天是期末考试的第一天，因为要到外校监考，所以不能回去看孩子们了，但我心里时时刻刻牵挂着他们。开始考试了，我迫不及待拿着试卷，仔细地把题目从头到尾看了一遍，还好，不难！该复习的都复习到了，连作文都交代了他们提前准备，昨晚10点多还有人在QQ上发了作文给我批改。假如他们都准备好了的话，那这次作文问题应该不大。

监考的时候，我开启了走神模式——前提是眼睛一直不停地扫视全场。这个班的孩子们也挺乖的，都在认真地答题。嘿嘿，我开始在心里盘算我的大计了。

这次考试看来很有希望考得很好，那么我必须得表示表示啊！送糖，这学期吃糖次数实在有点多，没新意不说，孩子们都快得糖尿病了！还是送点有诚意的奖品吧……卡片！对了，这不是快过年了吗，每人送一张卡片，然后写上一句我给他们的祝福，签上我的大名，嗯嗯，这主意不错！我实在太聪明了，而且还很有爱心、很有创意，我怎么这么棒呢，我都快爱上自己了！

我差点儿笑出了声音，一回神，看到眼前奋笔疾书的学生，才想起自己还在监考呢。别人认真答着题，一抬眼看到监考老师自个在笑，怪难为情的。

好，一会儿监考完我就去买卡片，批改完试卷有时间就好好写祝福，孩子们拿到这个期末奖品肯定会很高兴的，这是对他们认真复习考出好成绩的奖励。咦？现在不还在考着试吗？试卷都没写完，更别提改卷评分了，我……这奖励是怎么回事？我有点蒙了，真够自信的哟！嗯嗯，是的，我对他们充满自信，对我自己也是满满的信心！相信我们一定是最棒的！

1月17日
星期三　晴

今天一早看到语文成绩，我们班排第二名。

说实话，我真挺失望的。可能是因为之前信心太足了吧，总觉得应该是稳稳的第一名，所以成绩一出来难免很失落。浏览了一遍分数，我觉得脑袋一片空白，早上监考的两科，一直都有点心不在焉的。

为什么会是这样的呢？为什么？为什么？

突然，我发现一个很可怕的问题：我为什么这么在乎分数？

之所以会失望难过，就是因为他们考差了。可是为什么会考差呢？我作为语文老师难道没有责任吗？不！主要责任在我。想到这里，我发现我的手心在冒汗。

在我的教育理念里，我从来不认为学生上课不专心听课的责任全在他们身上，其实老师应该要负很大一部分责任。学生上课为何会开小差、讲笑话，甚至打打闹闹离开座位，其中一个很重要的原因就是老师的课不够精彩，不足以吸引他们，他们听不进去却还要老老实实地坐在那儿，其实也挺不容易的。

我自认为我的课上得还算吸引人的，因为上课过程中，只要我发现有相当一部分学生开小差了，我就会立马调整自己的讲课内容，插几个小故事或者来点互动，这样的效果也是很不错的。我一直坚信，只要学生喜欢你、爱听你的课，你这门学科就不可能教不好。可是，这次……问题出在哪儿呢？

我拿着成绩单，分析了一下问题：第一，得高分的学生不多，分数也不是特别高；第二，中间层大多数是70多分，这部分学生当中有很多还是很有潜力的；第三，得低分的学生多，不及格的有5人，其中得40多分的有3人，这也是主要问题。找出了问题，就要找问题的解决方案，我不能再自怨自艾了。问题不大，我觉得我可以很快解决的。

我的解决方案就是有针对性地布置寒假作业，根据各个层次同学的欠缺点不同，我设计了几种不同的作业。对成绩好的学生布置一些拓展知识面的作业就可以了，因为这部分学生学习都比较自觉，但因为平时专注于功课，知识面不够广，可以借假期进一步扩充；中间层的学生占了绝大多数，对于基础知识他们还是掌握得不错，但是对于阅读和写作比较头疼，假期在这方面下点功夫，相信下学期会有很大的提高；不及格的那几位学生，基础知识掌握不牢靠，地基没打好，上层建筑必然摇摇欲坠，所以我着力让他们补补基础。

虽然现实有点残酷，不过理想还是很美好的。有理想、肯奋斗的人，是不会输的！加油！

第六辑

二月酣春　春苗青葱

2月26日
星期一　晴

开学第一天，照例的升旗仪式加开学典礼，并没有什么新意。

看着台下的面孔，熟悉而亲切，大家的精神状态都挺好，调皮的还是调皮，腼腆的依然腼腆。升完旗回教室的时候，小严经过我身边问了句：“老师，这学期有没有新同学转来我们班啊？”我笑了笑，没回答。这些孩子好奇心还挺强的。

第二节课上课时，年级长领了一个模样挺乖巧的女孩来到我身边。这就是我们班的新成员？我竟然又忘了她的名字，我今天明明已经问了她两次，瞧我这记性啊，估计晚上回家又会忘了。

言归正传，这女孩个子不高，扎着马尾辫，有一身健康的肤色，一见到我就很热情地喊了声“叶老师好”，露出了可爱的牙箍。我拍了拍她的肩膀，寒暄了两句，就带她回教室了。

我领着她从后门走进教室，还是被这群眼尖的机灵鬼们发现了，“这是我们班新来的同学！”我简单说了句。

“耶！”全班欢呼，数秒后爆发出雷鸣般的掌声！

我和新同学都有点被这突如其来的热情给吓呆了，从他们的笑脸中，我可以感受到他们的欢呼和掌声都是发自内心的，掩饰不住的热情，我都被他们给感染了。这群孩子真的很棒！我想新同学肯定能很快融入我们这个集体中，并会喜欢上我们班的。

回到办公室，我把这事和别班的老师分享了一下，大家都乐了，他们也开始喜欢我们班这群可爱的孩子了。

2月27日 星期二 多云

一早来到教室，发现新同学没来。嗯？开学第二天就不来了？也没跟我请假，为什么呢？

回到办公室，我拨通了她爸爸的电话。聊了挺久，总算弄清楚了情况。

小黄是从我市一家私立学校转来的，转学原因是不适应。其实从小学三年级开始，她已经在那儿待了三年多了，照说不该这时候才感觉不适应。但是由于上初中之后换了老师，与班主任相处得不太愉快，与同学的关系也处理得不太好，因此对学校非常抗拒，甚至一个多月都没去上学。小黄的爸爸对我说，他送女儿上学到校门口时，都能感受到她的害怕和无助……

唉，挂了电话之后，我的心情有点沉重，说实话我真的挺同情这个孩子的。每天都要到一个自己极度不喜欢甚至害怕的地方去，而且一待就是一天，多痛苦的事情啊！当然，我也不否认这可能是个“玻璃心”女孩，情感比较脆弱。正因为这样，她才需要老师和同学给予更多的耐心与爱心。我相信，她是能够融入我们这个集体的。

上自习课时，我专门到教室里和孩子们交代了一下。

“小黄因为不舒服请假半天，下午她会回来上课的，因为她是新同学，来到新环境肯定需要时间去适应，你们作为班里的‘老油条’……”

“啊啊啊！老师，我们终于成‘老油条’啦！哈哈哈……”

“你们这些老同学，当然就要更加热情一点，让新同学尽

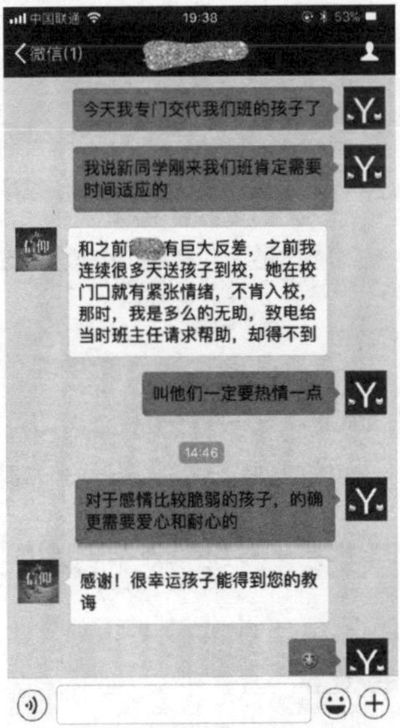

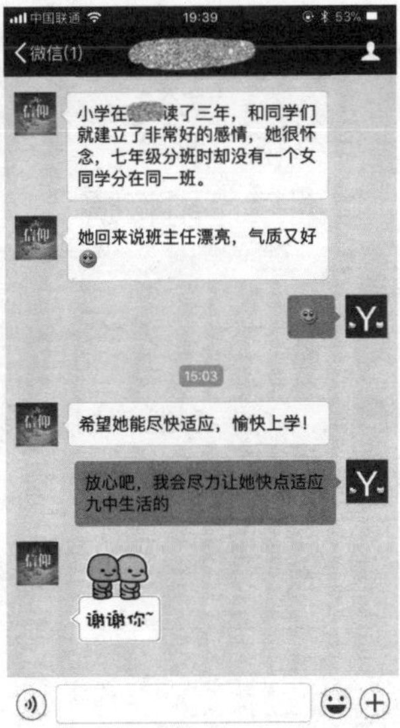

快适应我们的学习生活！”

“放心吧，我们热情得很呢！”这群“厚脸皮”的孩子笑着嚷嚷。

“对啊！简直热情似火啦！”

“新同学会不会被我们热闹的课堂给吓跑了啊，哈哈……”

“当然不会啦，她肯定会很喜欢我们的！”

…………

这群自信心、热情和激情都爆棚的家伙开始自顾自地往自己脸上贴金了，这些家伙，唉，和他们班主任简直一个样！哈哈……

2月28日
星期三　雨转晴

28号，竟是二月的最后一天，时间飞逝啊！

早上的课，我又带上了小潘请大家吃的棒棒糖走进教室，大伙儿一边吃着糖一边听课，很幸福的模样。中途有学校老师巡堂，估计看到了窗边那位光明正大在课堂上吃棒棒糖的同学，立马冲进教室准备呵斥，忽然发现竟然全班都在吃糖，无比吃惊地把目光转向我。我微笑着向他点点头，他仿佛明白了，很尴尬地退出了教室。

下午又要大扫除了，据说是为了迎接明天某市领导的检查。市领导真不容易啊，当然，我们这些普通老百姓也不容易呢！倒是这些孩子，他们挺开心的，乐呵着又可以少上一节课，而且搞卫生自由自在的，看样子挺享受的。

我们班的包干区是音乐室和舞蹈室，空置了一个学期，加上假期里进行了装修，脏乱得很，而且本周还是我们班负责教师办公室的卫生轮值，要做清洁的地方还真不少呢！下午是27℃的反常高温，我上下跑了好几圈，喊得口干舌燥，大汗淋漓地跑回办公室喝水。一回到办公室，就看见小付和小唐在走廊上用抹布仔细地擦着阳台的护栏，办公室里，小靖和小赵埋头拖着地，这两个男孩子，估计在家里也很少干家务活，此刻却干得特别卖力，汗珠子从板寸短发中淌落。这场景，还真挺让人感动的，他们的父母，或许也很难想象他们在学校的这一面吧。

第七辑

三月晚春　生机盎然

3月1日
星期四　多云转晴

今天公布了一个新玩法。

“我知道，大家对新座位表期待已久了……”我故意放慢语速。

“对呀对呀！老师，安排好了吗？”孩子们一脸期待。

“为了使新座位能符合我的要求，也尽量满足你们的需要，同时，更有利于我们的学习以及同学之间交流感情……”我的铺垫被他们的哄堂大笑给打断了。

“老师，最后这个才是重点吧！哈哈！”从他们一脸的坏笑中我仿佛明白了他们的小心思。

“你们该不会以为交流感情是谈恋爱吧？”我捅破了他们的窗户纸。“别想太多！单纯的同学友情！”我故作骄傲。

“好了好了，言归正传，因为我们在课堂上经常需要四人小组学习，所以我打算让你们自己自由组合四人小组，要求如下：第一，组内必须男、女同学都有；第二，既要有成绩较好的同学，也要有不太好的；第三，要兼顾身高因素。”我一口气讲完要求，“当然，你们报上来的名单还不是最终的座位安排，我也会对不符合要求的小组进行调整。”

玩法一公布，讲台下面像炸开了锅。大伙儿惊叹完之后，纷纷开始找结伴的组员了，教室内的热闹程度绝不亚于菜市场。我想，对于初一的孩子来说，他们应该喜欢这种游戏，毕竟这个年龄段的孩子虽说摆脱了部分儿童的稚气，变得更有主见，强烈地希望自己能当家做主，但思想又不太成熟，很多事情还不太能把握住分寸，所以他们既需要民主，也得在我这里集中一下。

看大伙儿兴致都很高，我决定趁热打铁。

“上学期，我们班每一位同学都担任了相关的班干部和负责人，绝大部分同学都做得很好。现在新学期开始了，为了让大家有更多的尝试，现在所有班干部和负责人的职位需要纳新，请同学们根据自己的实际能力来认领。”

“哇！”又一次炸开了锅，我都开始担心他们的小心脏能不能承受这接二连三的刺激了。

哈哈，好吧，今天就先刺激到这里了。明儿请早！

3月2日 星期五 晴

一早我回到办公室，就看到桌上有几张小纸条，打开来一看，毫无意外就是自由组团的四人小组名单，他们还是挺有分寸的，组的团都在情理之中。

“老师……”一个幽幽的声音从我身后飘来，“我们，能不能不组四人小组，因为凑不够人……”

“为啥？就你们俩？”我转过身看着身后的小唐和小高。“我们班可是男生比女生少得多哦！找两个女孩子和你们凑一组有这么难吗？”

“……”

“老师！”又一个爽朗的声音从门口传来，“我们实在找不到人了……”是小邹和小许。

“咦？这不刚好吗？你们两个男生找不到女生一组，她们俩找不到男生一组，那你们……”我笑着说。

“可是……老师，”小唐似乎不太愉快，“我们的身高……老师，我们那么矮，我们可不想坐在后面哦！”

“嗯……”我看了看身旁一米五左右的两个小男孩，又转身看了看一米七的两女生……

“好吧，别急，实在找不到的话，等最后我来帮你们安排咯！”

目送这四个孩子离开，我几乎可以预想到，教室里其他的孩子茶余饭后、课前课后的话题，估计也是四人小组和认领班干部职位的事吧，挺好，等下周见分晓吧！

3月5日
星期一　多云

我在7点20分到校准备升旗，结果学校广播系统出了问题，升旗仪式改成班会课。班会课结束之后，我急忙去饭堂买了份早餐。今天吃面条，香喷喷的很诱人，可是我只能胡乱吃几口，又匆匆赶去上课。一下课立即回到办公室继续吃几口，又打仗似的赶去下一个班上课。三节课下来，面已冰冷，没吃完但已没了胃口，就又赶去操场看学生做操、跑操。

心累，身疲，肚子饿……我就想安静地吃个早餐，却也是奢望。想想当老师也确实不容易啊，像这种三节连堂课是常事，我有时还要上早读课加四节连堂课，真的很累。奇怪的是，像我这种人，不管是病了还是饿了，一般只要进了教室、上了讲台，立马容光焕发、神采奕奕；一离开教室回到办公室，整个人才会各种瘫软不适。大概，我天生就是吃这口饭的吧！

做操的时候，小潘和小华在队伍后面吊儿郎当，跑操的时候也懒洋洋的，很不着调，于是我把他们叫到一旁，让他们好好看着别人跑。这两个家伙，刚开始很兴奋，看着别的同学跑还指指点点，不一会儿新鲜感过了，看得出他们有点忐忑了，开始偷偷地看我。我面无表情，不与他们对视。别人跑完之后，我请他们两人留在原地重新做操、跑操，之后把他们带到了办公室。

“你们俩，觉得开学这一周自己表现得怎样？”我问他们。

“挺好的呀！”小华抢答道，还一脸笑容。

我回过头望着他，“看来我和你的标准不同哦，我觉得不太满意呢。”我尽量温柔地说着。

“其实我也不太满意的……”这次俩家伙异口同声地附和我。

“才一周时间，我找你们多少次了？上课讲话、扰乱课堂秩序、不交作业、劳动偷懒……每次找你们谈话你们都说会改的，可实际呢？”我的一番话让他们收起笑容低下了头。

“……”

“我这个人有个原则：能找你们解决的问题绝不找你们的家长。但是，如果屡次找你们都起不了作用的话，我也会失去耐心的，这样我只能想别的解决办法了。”我说的是大实话。

两人已经明白我的意思了，我也不想再和他们啰唆了。好，谈话结束！

3月6日
星期二　多云

我还没踏进3班的教室，就感觉到了里面的“蠢蠢欲动”，刚走进正门，掌声响起，教室里一阵骚动……

“老师，您又漂亮啦！”

“老师，您年轻了10岁！”

“老师，您今天好像芭比娃娃……”

我很想严肃地鄙视一下他们的“虚情假意”，不过还是笑了。

“你们能不能有点新意啊？”我嗔怪道，“每天都这两句……”我佯装生气。

“您今天像芭比娃娃一样啊！”小吴大喊了一句，嗯……我穿了件树莓粉色毛衣，配了个同色系的口红，看来他观察得还挺细微的，只是我这个一把年纪的“芭比娃娃”有点尴尬……

我真的有点拿这群家伙没办法。刚开始，只是一两个油腔滑调的家伙假惺惺地赞美我几句，有一次上课我忍不住逗他们说了句：“你们每天上课前都虚情假意地赞美我几句，真让我对你们发不起火来。”这是实话，这些家伙上课真心不大认真，有时我真的难免会发火，所以他们在课前就先和我处好关系，先让我尝点甜头，好让我一会儿想发火的时候记着他们的这点好，然后也就不好意思发火了，这些机灵鬼！

我倒也乐得每天听着别人的赞美，开开心心上好每一节课，哈哈，双赢！

3月7日 星期三　雨

仿佛一夜之间又回到了冬天，冷风冷雨。

我每天被这群家伙催着公布新座位表和班干部名单，下午正好没课，索性把剩下的几个“硬骨头”给“啃”了。没错，有几个令人颇为头痛的家伙，真的很难安排他们的座位，就如我的得力助手小黄说的：“放哪儿哪儿就吵，单独坐都能自娱自乐……”唉，其实每个班都有这样的孩子吧，我们班应该不算多的了。毕竟这个年龄段的孩子，能老老实实地坐着听45分钟课的也不多吧！

早上第三节课我去巡堂，发现坐最后一排的小潘鬼鬼祟祟地低着头，双手放进抽屉里，明显捧着东西，手指不停地划动着——玩手机！数学课竟然玩手机！这家伙，最近天天犯错误，我也真是无语了。下课把他叫来办公室。

“你刚才上课玩的手机是谁的？”我不想拐弯抹角了。

“朋友的。”他倒也明白坦白从宽的道理。

“小潘，你要不还是回家休息一下吧？”我问道。

“不用，我不累，不用休息。”他的回答倒也干脆。

“我需要！我累了，我想休息了。”我望着他。“你看看，开学一周，哪天我不用找你的？每天你都违纪，还都出新花样，我感觉班里49位同学，我花在其余48位同学身上的时间和精力还比不上花在你一个人身上的。”这话真不假。

他还是面无表情。

“好好说也说了，骂也骂了，你怎么就刀枪不入、软硬不吃呢？”我真的有点累了……

他低下了头。

“其实可能你也想表现得好点，只是控制不了自己，对吧？”

他没有回答我，但把头稍稍抬了起来，望向窗外。

“这样吧，你自己先想一想吧，你已经不是小孩了，自己应该替自己打算一下，想想自己今后打算走一条什么路，打算怎样走。”

我觉得和他这样继续聊下去也不会有什么结果，就这样结束了我们的谈话。他需要好好想想，我也需要。

3月8日
星期四 雨转多云

今天一进教室，孩子们就吵吵嚷嚷地祝我“三八节”快乐，有几个还嘻嘻哈哈地喊着“妇女节快乐”，我故作不悦，“我更想过女王节！”台下一阵夸张的嘘声，笑成一片，然后齐喊：“女王节快乐！”

因为下雨，所以大课间不能去操场做操、跑操了，我就利用这个时间公布了新的座位表和班干部名单。公布前，看得出他们都无比地紧张，非常期待自己的新座位和新同桌，或许还有隐隐的不祥预感。说真的，这两份东西可是我花了超多时间和精力弄出来的，面面俱到固然不可能，但也务求不出什么大问题。为了避免公布之后出现乱子，我先和他们交了个底。

“这份座位表和班干部名单是我绞尽脑汁想好的，所以短期内不能更改了，请大家尽快适应。”

果不其然，我宣布了座位表和班干部名单后，场面完全失控，有欢呼的，有埋怨的，还有充满期待的。我站在讲台上，感觉有点恍惚了，仿佛看到当年的自己。换座位真可算是学习生涯当中的大事了，那时若是换了个不喜欢的同桌，还真的会难过很长一段时间呢。我记得我是上了高中才和女生同桌的，现在班里的孩子我多数安排异性同桌，不过到了新学期，我想应该安排同性同桌了……

3月9日 星期五 晴

我一早又把小潘叫到了办公室。这次是因为打架未遂。

“我说你每天必来办公室报到的，没错吧，而且每天都有‘惊喜’呢！”我没有惊喜，只有疲惫。虽然是一大早，但感觉心累。

“说说吧，昨天放学后的事。”我拿了本书，打开放在桌面上。

“……”

20分钟后，包括叫来的别班的参与打架事件的两位同学，在他们仨分别阐述之后，我大概了解了事情的经过。小李对小潘说，小郑要打他，于是小潘在QQ上质问小郑，小郑否认此事，但两人言语不和。下午，小郑叫来了自己的哥哥、姐姐和姐夫，要围堵小潘，小潘也叫了一堆无心向学的朋友，准备“开战”。不过最后被及时赶到的政教处老师和家长给制止了。

在对小潘明确指出这次事件的恶劣程度，并强调以后不能再犯之后，我内心还是忍不住叹息了。唉……现在的初中生，真的都那么幼稚？可能我教初三太长时间了，初三的学生基本分为两种，想读书的都非常努力地迎战中考，忙得焦头烂额；无心读书的上课严重走神，心思并不在学习上，甚至有些学生还会逃课。而初一和初二，总有那么些人生目标不明晰、对未来彷徨迷茫的孩子，终日不清楚自己要干些啥，而且冲动易怒，一言不合就要动手，个个都觉得自己很厉害。

对于这样的学生，若屡教不改，说一套做一套，天天换着花样给我“惊喜”，我也很无奈啊……面对这些“惊喜”，作为老师，我也只能学着换着“花样”，见招拆招……

3月12日　星期一　晴

今天植树节。早上主题班会的主题是“学雷锋”。

主题班会我交代由班长小邹来主持。不是我偷懒，我的确是想尽可能多给他们机会锻炼一下，不管是班会课还是语文课，让孩子们来上课，一来可以培养他们的组织管理能力，二来也能调动大家的学习积极性，其实这些十二三岁的孩子啥都懂、啥都会，只要我们放手让他们去做，他们会很乐意把事情办得妥妥的。

考虑到小邹不会制作课件，所以周五我把课件做好了，让她周末带回家熟悉一下，看得出来她还是有点胆怯的。近一米七的身高，看着就是个大姑娘，站在讲台上还真没有违和感，只是稚气未脱的脸蛋和羞涩的神情暴露了年龄。简短的开场白之后，小邹开始翻动课件，话语不多，毕竟是个孩子，想要求她上台就自来熟或者很老到也不切实际，不过下面的同学都还挺配合的。

说到配合，我倒是有点吃醋了。每次由学生来讲课时，大伙儿的热情和配合度是其他任何一个老师上课时都无法相比的，甚至有些平时成绩不算好、表现一般般的孩子，在小老师面前也是格外的认真积极。我自认为我上课的课堂气氛算是很不错的了，孩子们都很认真地听，也能积极回答问题或者一起讨论，但气氛还是不能与小老师的课相比。有一次我忍不住对他们抱怨道：“你们太偏心了，小老师上课就那么多人举手回答问题，你们看，我上课的时候你们怎么没那么多人举手啊？哼！我会生气的！”

这群孩子完全无视我的醋意，只管看着我笑，笑容里甚至还包含了一些要我好好努力加油的意思，我才是老师，好吗？你们这群小孩！

第三节课是我的语文课，恰逢教育局有人来巡查课堂，当时我正讲着北方澡堂里如何搓澡，当大家都饶有兴致地讨论着南北方生活的差异时，门外一行人经过，课堂上闹哄哄的，坐在第一排的调皮鬼小雷还朝着窗外挥了挥手喊了句“Hi，老师好！”我不敢看那些人的脸，但也没有制止大家的讨论。嗯，你巡你的堂，我上我的课。

3月13日　星期二　晴

早上第二节、第四节课是我的课，我上完一节课就在办公室批改作业。说起作业，唉，语文老师“压力山大”啊，这作业不布置不行，布置了又要花大量时间批改……你们每天做一份作业还唠唠叨叨，我要批改近100份作业呢！我想，每一位老师，尤其是像我们这些主课老师，如语文课、数学课、英语课的老师，估计都做过被堆积如山的作业压得喘不过气来的噩梦吧。

但有一种作业我是爱批改的，那就是周记。尤其是那些敞开心扉纯粹聊天的周记，感觉对方没有把我当老师，而像是在向好朋友倾诉，这种感觉很好。其实能做到这样不容易啊，这群孩子一开始就把周记当作文来写，经常挖空心思地胡编乱造一些东西。我说了好几次，尤其还给他们树立了一个学习榜样之后，才逐渐走上“正轨”。这个榜样就是小李，一个很文静、感情很丰富的女生，平素不怎么爱讲话，人特别乖巧，做事也相当负责，大家都喜欢她，她的周记也是我最爱看的。周记我是没有规定字数的，但小李的周记每篇都写得很详细、认真，把这一周她见到的事、想到的东西都如实记下来，这样的周记，我想多年后她自己阅读起来也是相当有意思的。我毫不吝啬地在班里大事表扬小李，我知道像她这种稍稍自卑的孩子是最需要表扬的。她常常低着头，讲话时也不愿过多与人眼神交流，但说话的语气还是颇为坚定的，由此我觉得她是一个外柔内刚的孩子，她的性格可能和她的家庭以及经历有关吧，总之是一个很让人心疼的孩子。

在我多次把小李作为榜样在班里表扬之后，明显感觉好些孩子开窍了，尤其是女孩子，心思很细腻，她们开始在周记里和我说心里话了，和好朋友吵架、父母不理解……可以聊的话题还真多。而我的原则是时刻提醒自己要积极倾听，她们的欢笑、苦泪是这个年龄阶段该有的，我不应该随意插手或者指点，她们完全可以自行处理得很好。

好了，不说了，继续享受剩下的一大沓周记！

3月14日
星期三　多云转雨

我今天突发奇想，打算弄一期班刊。

十二页的班刊，我定十二个主题，由十二个四人小组每组负责一页，而且要求他们纯手工制作，也就是说插图、文字全部手工完成。而文章呢，有些可以收集，有些则必须自己写，比如我专门设计了一个“最可爱的人”系列，包括“最可爱的老师”“最可爱的同学”“最可爱的我”，这些就要求他们自己找好对象来写了。

我用可爱的便利贴写下了十二个主题，然后分给了十二

个小组。一拿到自己小组的主题，孩子们都很兴奋，开始热烈地讨论着，还有些已经开始分工了……这样很好，是我要的效果。

现在才刚开学不久，功课不太紧，学习上的压力不大，所以很多孩子都有点无所事事，再加上春天的季节特点，每天吹着和煦的微风，人难免有点懒散。这个时候，我觉得应该给他们制造一点茶余饭后、课前课后的小活动了。制作班刊这个主意挺不错的，最近这段时间，他们的生活应该会挺充实的。

3月15日 星期四 雨转晴

校园里有两个亭子，平素不起眼，甚至因为太过破旧，大家都不愿多看。可是一到春天，这里就成了最美的风景。

其实我从校门到办公室是不需要经过这两个亭子的，但是我却经常专门绕过去，从教学楼旁的那个亭子穿过，感觉格外美好。上几级阶梯，亭子出现了，最吸引人的是亭子顶上的紫藤花，一串串的、水灵灵的，配上翠绿的叶子，格外唯美。走过亭子，不由得放慢脚步，静心享受这份美好，用力吸一口气，特别地舒心。带着这份好心情，踏入办公室，元气满满地开始一天的工作。

另一个亭子在操场边上，也是在一个不起眼的角落，却被这片紫藤花渲染得如油画般灿烂。正好我们班做操、跑操的位置就在亭子旁，我经常会和孩子们一起跑操，每每经过亭子边，目光总是无法移开，眼前的景象太美，美到觉得所有文字都如此苍白。

我不是那种迷恋琼瑶小说或者韩剧的人，没有太多浪漫的细胞，却被这紫藤花深深吸引，觉得闲暇时能在这亭子下坐着，手捧一本爱读的书，一杯清茶，简直惬意无边了……

有时在办公室里被纷繁的事情困扰得坐立不安，我就会放空自己，然后突然发现自己不知怎的已置身阳台，望着左前方的紫藤花，枝枝蔓蔓把整个亭子都覆盖了一层紫色。前两天看这紫色还只是星星点点，一场春雨过后，仿佛赶趟儿似的争先恐后地绽放着美丽，深呼吸，顿觉心旷神怡，完美！

真希望这春天能长点，这样就可以和我的紫藤花待久点了……

3月16日 星期五 晴

下午回学校，走到教室楼下，抬头望了一眼二楼我们班的教室，感觉有点奇怪，门窗紧闭，窗帘也拉得死死的，大白天上什么课要弄成这样？我的大脑高速运转，思考着这节课究竟是什么课，最终“查无此课”，我这记性……

走到楼梯口，是的，我在一楼的楼梯口，听见楼上传来年级长的大吼声，没听清吼啥，但听得出来他很激动、很生气。年级长也是我们班的数学老师，姓曾，也是个长不大的小伙子，我们班的孩子很喜欢他。不容多想，我三步并作两步冲上了二楼，只见教室后门开着，年级长正黑着脸从教室里走出来。

“咋了？”我问他。

“这些家伙吵死了！欺负新老师！”他愤愤不平地说完转身就走了。

“新老师？又换新老师了？”我貌似没有听到他说话的重点，探着脑袋往教室里看了一眼，一个高个子的年轻小伙子站在讲台上，从他的气势上看，我断定这是一名实习生。

班里的孩子们看到我出现在后门，稍稍平复了一下，偷看我几眼又故作认真地听课了。

我索性坐在了教室最后面的那张椅子上，离下课还有十来分钟，我也来听听新老师的课呗。后面的几个调皮鬼看到我坐在那里，都坐得很直，还不时用眼角的余光扫向我这边，前排的大部分同学则并未察觉我在教室里。

新老师的音量不大，也没有我们这些有经验的老师人手必备的居家旅游、上课教学的良品——“小蜜蜂”（便携式麦克风），我坐在最后，必须竖起耳朵才勉强能听清。上的是地理课，说实话，好多内容我都觉得挺新鲜的，不过老师也是翻看着PPT，然后简单地解说，不时提几个问题，孩子们倒也配合，每个问题基本都能回答出来。

想起当年我们去实习，在一个乡镇的中学，孩子们特别喜欢我们。虽然我们的课上得实在不咋样，但每次下课都被他们围个水泄不通，我们住在学校里，这些孩子一有空就来找我们玩，有几个学生还一直和我保持着联系，我们感情还很不错呢！

我正开着小差回忆过去，突然一阵刺耳的下课铃声响了，这时坐在教室后面的我被“曝光”了，好些孩子还不知道我在教室里呢。

哼，你们这群欺软怕硬的家伙，一会儿我再来收拾你们！

3月19日 星期一 雨

今天转北风了。前两天还25℃的天气，今天一下降了十几摄氏度，而且是从早上10点多才开始降温的，许多人都被“打”了个措手不及。

第三节课我一进教室，就看到前排好几个孩子穿着短袖衣服，他们招呼我快关门，生怕我多放了一丝北风进来。我迅速关上门，看了看瑟瑟缩缩的几个孩子，摇头笑了笑。

“现在正是季节交替的时候，你们要多留意天气预报，天气变幻无常的。”我对大伙儿说道。

“没事，一点都不冷！”前排的小苏喊了一句。

我看了看他，小小的个子，缩在一件大大的短袖校服里，那小胳膊小腿的，看着都觉得冷。

小苏隔壁的小胖拍了他一下，“不冷？我摸摸……你的手臂都是冰冷的，还嘴硬！”小胖毫不留情地说。

“就是不冷，我只是手臂凉一点，身上是热的！”小苏仍然一脸骄傲。

这些小孩，果真还是小孩。想当年，我也是这样反抗妈妈的“多穿一件”，总觉得在北风中穿着单裤发抖的样子很美。

这是什么审美观？或许，当我们懂得主动穿秋裤的时候，就代表我们长大了。

下午6点刚到家，接到电话，说小潘又打架了……唉，心累。

3月20日
星期二　晴

我一早到学校，把小潘请来了办公室。

看着他，本来很气的，这个家伙，从上学期到现在，一刻不得消停，三天两头被这个老师抓、被那个老师投诉，不是打架就是闹事，我都挺佩服他这旺盛的精力。之前因为打架我找他好好谈了一轮之后，貌似平静了几天，除了偶尔上课睡觉、作业忘带之类的，基本表现还算可以，我还专门向他妈妈汇报了这个“喜讯”，他妈妈也颇感欣慰。没想到，这伤疤还没好几天就又忘了痛……我深呼吸一口气，把心里的怒火强压了下去。是的，在了解事情的来龙去脉之前，不该轻易发火。

“小潘，昨天打架是怎么回事啊？”我声音很小，语气也很柔和。

“我没打架。”他回答得相当爽快。

我猛一抬头，盯着他，想起昨晚年级长打给我的电话，说你班上的小潘又打架了，把人家按在地上打，对方家长要求去医院，然后医院拍片结果显示右手骨裂！而此刻，他对我说，没打架！我死死地盯着他，又深深地吸了一口气……

“那你和3班的小罗，发生了什么事？”我音量仍不高，强压的怒火使我的声音微抖。

“我没和他打架。是他把我的眼镜折断了，然后我就叫他去办公室找老师，他不去，我就拉他，然后他不小心摔了一跤。”小潘断断续续地说。

“他折断你的眼镜？为啥？”

“不知道，就是经过的时候，他碰我一下，眼镜摔地上，就断了。”

“那是不小心的吧！然后你是打算叫他来办公室，请老师帮你们解决这个问题吗？”

“嗯。”小潘点了点头。

不容易啊！这个很容易冲动的孩子，眼镜被弄断了之后能想着来办公室找老师解决，太不容易了！小潘之前多次打架就是因为冲动，我常对他说，冲动是魔鬼啊，看来他现在已经比之前有进步了，开始知道稍稍克制自己了。

“很好啊！你这样做代表你已经不像以前那样，一遇到事就冲动易怒，爱用拳头解决问题了啊！”我及时表扬了他，“但是，后来为什么……”

“他不肯来，还不理我，我就拉他，他还是不肯起来，然后推推搡搡的，他就从椅子上翻了下来……”小潘说得有点急，看得出来他当时肯定也是生气了。

“他去医院检查，骨裂了。”我说道。

“我知道，他当时就说很痛……”

“这件事，你觉得你的处理方式怎么样？”我问。

“不太好吧……”他犹豫了一下，接着说：“他不肯来办公室，我问他怎么处理他又不理我，我就急了。”

说实话，他能到这个时候才急，算是有很大的进步了。要是之前的他，估计在眼镜被折断的那一刻就要揪起别人的衣领了。但是，我也提醒自己，不要陶醉于小小的进步之中，要争取更上一层楼。

“小潘，你要知道，任何事情，除非对方先动手你需要正当防卫，否则，尽量不要动手！能通过别的方式去解决问题当然最好，实在解决不了你可以求助老师。动手绝对是下下策，只要一动手，你就理亏了。”我语重心长地说。

“那小罗那边，你父母的处理意见是什么？”

“我爸说应该我们负全部责任的，已经和他爸爸说好了。”

双方家长也挺通情达理的，毕竟男孩子嘛，发生点小摩擦、小打闹，其实也是成长中必然的经历。希望他们快点长大，平安地度过叛逆期，成长为能用理智战胜冲动的有责任感、有担当的男子汉！

3月21日 星期三 晴

下午带孩子们去教学楼前面的草坪拔杂草。

一来到草坪，孩子们像出笼的鸟一样欢快地追逐着，全然忘记来这里是干什么的了。我只好“很不识趣地”招呼他们赶紧拔草，他们这才恍然大悟——原来不是出来玩的！于是三三两两凑在一起，一边拔草一边嬉戏，很是开心。

我突然觉得他们像是在春游。春天的午后，阳光洒在身上暖洋洋的，草地上弥漫着青草的香气，最让人舒心的，是孩子们的笑脸。在草地上谈笑风生，人人脸上都洋溢着笑容，作业的烦琐、功课的压力荡然无存。这种快乐很难得，我赶紧给他们拍了几张照片，几个青春期的女生一见我要拍照立马就作鸟兽散，都到了不愿面对镜头的年龄了，而几个傻乎乎的男孩则不然，像顽童般自顾自地打闹。

是啊，现在出于安全考虑，很多学校都取消了春游活动，这真的挺可惜的。不去享受大自然，不一起嬉笑打闹，感觉辜负了美好的春光。

3月22日
星期四　晴

星期四对于我来说是个挑战，除了早读课，还有四节课要上，高强度的讲课让我觉得自己是超人。尽管这样，今天我还是决定要讲《紫藤萝瀑布》这篇课文，因为天气预报说明天是阴天，下一个晴天大约要在五天后，而那时，校园里的紫藤花已经凋零。

孩子们知道要去亭子里上课，都兴奋得直鼓掌。看他们那一副时刻准备去春游的模样，我赶紧强调了一下纪律，毕竟这种把语文课堂搬到紫藤花架下的事情还是少有的，虽然我们觉得很有趣，但也不能影响别的班级上课。

孩子们还是很听话的，一路上安安静静排着队来到紫藤花亭子里，里面有两排石凳，男生很自觉地站在两旁，把座位留给了女生。这也是我一直以来的要求，男生必须要有绅士风度，谦让女生是必须的！当然，遇到困难和危险的时候，他们也要学会保护女生。

女生来到亭子里，倒没有着急坐下，大伙儿被绽放得无比灿烂的紫藤花吸引了。毕竟是女孩，心里还是憧憬浪漫的，三三两两指着花儿窃窃私语，还不时微微一笑，和藤上的花儿

映衬着，格外迷人。男生则是长不大的孩子，刚站稳就开始打打闹闹。这些孩子觉得一切都很新鲜、很好奇，其实平时并不是没来过这里，只是没有留心，结果错过了很多的美景。

在紫藤花架下，我们一起轻声朗读着美文，一阵清风拂面而来，夹杂着紫藤花的味道，并不是俗气的花香，而是一种清新的味道。花、人、声、味，如此完美地结合在一起，简直让人沉醉、沉迷……

政教处的主任被我们吸引了过来，在远处站在椅子上为我们拍照，或许她也被这和谐的画面感染了吧。是的，这的确是一节很美的语文课。

3月23日
星期五　晴

今早听公开课，是我们年级的一位老师主讲，她四月份要参加区的教研活动，和一位外校老师上同课异构的公开课，因此先试讲一次。这节课我听得特别认真，好吧，我承认我是有私心的，因为下个月正是她给我们班的孩子上这节课，这也是我极力推荐促成的。

我发自内心地觉得，我们班的孩子很适合上公开课，思维活跃、爱表现、爱朗读、爱表演……关键是，他们做事也很认

真。我很希望他们有这样一次机会，能在全区语文老师面前展示自己，对于他们来说，这是一次很好的锻炼机会。

今天听课的班级是我们隔壁班，也是一个很优秀的班级，或许是因为上初中之后第一次上公开课，后面坐着的几个陌生老师让他们很不自在，所以课堂气氛稍显沉闷。我一边用心观察这个班孩子上课的表现，一边联想我们班的孩子，虽说他们平素上我的课很活跃，而且我们经常吵吵嚷嚷的，大伙儿习惯了各抒己见，但到上公开课时他们会不会也被大批来听课的老师给吓坏了呢？会不会怕回答不对问题而不敢举手发言呢？会不会朗读的时候也放不开呢？会不会……

不会的，我对他们有信心，我相信他们一定不会辜负我的期望！

3月26日
星期一　多云

我今天在班里发了一次火。

事情是这样的：大课间跑操，我照例和孩子们一起跑，说实话，我不常运动，但匀速跑完这几圈还是没有问题的。我也定了规矩，跑的过程中如果被我超过了，就要留下来多跑一圈，一圈也就200米，不难做到。不过这样一来，他们会有点压力，跑起来就会尽量保持匀速，毕竟跑操也不是追求速度的，匀速慢跑不难做到。可是，这些孩子每次都跑得时快时慢的，尤其在拐弯处，常常会被我超过，所以每次都有几个人要加跑一圈。

今天，照例在拐弯处，前面几个在走路的同学被我超过了，顿时，被我超过的那几个人一阵惊呼，而跑在我前面的那几个男生则如惊弓之鸟，不时地回头看我，生怕随时被我超过。我心里暗笑，但面无表情继续匀速慢跑。不知谁在前面开始起哄，“快跑快跑，老师快追上了！”然后一群人作鸟兽散，本来排着单列队伍跑，因为人人自危，变成了一大群人一起跑。

我示意他们排好队跑，但没有人理我，一大群人还开始追

逐打闹、嬉笑不停。跑操结束后，我让他们排着队继续加跑了几圈。

下一节课正好是我的课，我就先说起了跑操的事情。

"怎么样？今天跑爽了吧？"我面无表情，全班鸦雀无声。

"跑操的规矩我讲了很多次，我在队伍中匀速慢跑，正常情况我不会超过你们，即使你们被我超过了，也就多跑一圈，你们至于怕得一大群人一起跑吗？认真跑操有那么困难吗？"我的音量有点大。

"做事情，要么不做，要做就要认真做好！不管大事小事都应该这样！"

我真的有点气了，这些家伙的班级荣誉感真的太弱了，做事情也比较随便。不过气消了之后一想，孩子不都这样吗？唉……

3月27日 星期二 晴

早上去巡堂，正好碰上我们班上音乐课，于是我悄悄地潜入教室，在最后一排的角落坐下。

运气不错，正好碰上音乐老师选拔参加合唱团的学生，由于考虑男生正值变声期不便参加合唱，因此选拔对象主要是女生。老师让女生逐一唱谱，有钢琴伴奏，看起来挺简单的，万万没想到很多女生竟然把音符都唱乱了。

毕竟是女生，还是有些羞涩的，站起来唱谱让她们有些不自在，有几个女生因为笑场或者紧张而唱不下去了。不过我们班的男生很热心，每个女生唱完之后，都会报以热烈的掌声。

轮到小李了，正如班里一位同学周记里写的，小李或许是我们班唯一一个大家都喜欢的女生了，与世无争，非常内秀，做事也严谨认真，虽然平时言语很少，但大家都挺敬佩她的。小李站起来，深呼吸一下，伴着琴声开始唱，声音不小但有点抖，音不算很准，但很大方地唱完了，全班同学都鼓起掌来。

最后一个唱的是小张，她是全班最文静的女生了，几乎不怎么讲话，也不太爱与人交流。她妈妈特别担心她，不过我觉得她是一个心里很有想法的女孩，只是可能很多时候不愿表达出来罢了。小张站起来了，眼神并没有回避老师，这时教室里响起了热烈的掌声，这掌声里，透露着大家发自内心的鼓励，孩子们真棒！钢琴声响起，小张开始跟着唱，声音很小，我在她旁边也完全听不到，唱了几个音之后，她很尴尬地停下了，看得出来她唱不下去了，她很难堪地看着我，我向她投去了一个鼓励的微笑，这时雷鸣般的掌声又响起来了……

3月28日 星期三 晴

近30℃的高温，感觉夏天到了。

前天批评了孩子们跑操不整齐之后，这两天跑操都挺好的，大家基本都明白了匀速跑的意思了。今天跑操之前，我让带操的小邹稍微跑快一点点，因为按现在的跑操速度，即使是我这个自认为上了年纪的人，跑起来也是脸不红、气不喘的，锻炼效果不够明显。

果然，今天稍稍提了点速，加上天气比较热，跑起来有点运动的意思了。跑完之后我见好些人都气喘吁吁的，我也开始冒汗了，一旁的小胖索性抱着篮球架的柱子靠着休息了。

今天上课我对他们说了一下关于下个月上公开课的事情，孩子们很兴奋，看得出来他们既兴奋又有点忐忑。我之前也对他们说了，是我极力向上课老师推荐他们的，他们还颇有些不满。

“老师，你对我们就这么有信心啊？万一我们表现不好那你可就丢脸了哦！”前排小陈嚷道。

“一节好的公开课，一半看老师，一半就看学生了。我听过那个老师的试讲，越发觉得你们太适合了！”说实话我真的是信心满满的。

“你们上课课堂气氛很好，很活跃，举手回答问题也很踊跃，关键是回答问题还基本都能说到点子上，而且你们还有一个强项——朗读，这对于一节语文课来说，也是至关重要的！所以，只要你们像平时一样上课，那就没有问题了！”我实话实说。

“哪有那么好啊。”他们纷纷表示不自信。

“好了，放心吧，这是我们班在全区语文老师面前展示实力的好机会啊，我会协助你们的！”

听着我的话，他们一副半信半疑的样子。我嘴角微微上扬，嘿嘿，走着瞧！

3月29日　星期四　阴雨

最近学校要求为本班中队起名字，我想征求一下大家的意见，于是交代孩子们以四人小组为单位给我们中队起个名字。全班一共分成了12个小组，很快就征集到了12个名字，我饶有兴致地看着他们报上来的名字。

我的要求是，名字尽量要简单，有气势而不失个性。他们起的名字果然很特别。

“火箭中队”“快乐中队”，这些算是比较主流的名字了；有个性的也有不少，“皮孩中队”“戏精中队”，让人一眼就把他们给看穿了。不得不承认，他们还真有自知之明，果然很顽皮、很“戏精”。其实我觉得“戏精”这个词真的很适合他们，这群家伙特别爱演，上课下课都一样，可能是因为我对他们的约束较少，他们自由的个性得到了释放吧……不过说真的，这名字也太随意了吧，而且我无法想象把“皮孩”“戏精”这些充满戏谑的词和异常严肃的“中队”一词搭在一起，该是多么滑稽的效果。

其实我更喜欢的还是最长的那个名字——叶芊粉丝中队！哈哈哈，这个也太直白了吧，我承认我的“粉丝”多，他们都是我的“铁粉”，但这个名字着实不合适，个人崇拜的痕迹也太明显了吧。但我由衷地喜欢这个名字——叶芊粉丝中队——小虚荣心得到大满足。不过，理智告诉我，这个名字还是只能留在心里喜欢啦！

唉，12个名字全部被否决，我和中队长小黄商量，她给了我一个不错的建议——领袖中队！多有气势的名字啊，个性张扬，目标明确，而且，这个名字很主流、很上进，好！“七（8）领袖中队”正式成立！即使做不了国家领袖，我们也要做命运的领袖，做生活的领袖，做自己的领袖！

3月30日
星期五　雨转多云

早上去离市区有一个多小时车程的乡镇听课，我用五分钟时间在饭堂吞下一碗面之后，坐上校车出发了。

一路风景还不错，到学校等了十来分钟就上课了。走进一间简陋的教室，学生不算多，但涌入几十个老师之后，教室顿时像是立锥之地。

我靠着最后一排的学生坐下，一股异味传来，我朝教室角落看了看，想着应该是隔夜的垃圾没有处理，发出腐烂的味道吧，却发现垃圾桶空空的，四处张望了一下，没发现有不卫生的东西，但这味道……我不是一个挑剔的人，也没有洁癖，只是这气味实在有点令人作呕。倒是奇怪，难道别人都闻不到吗？为什么看他们都坐得如此安稳呢？我很不解。天呐！该不是臭味从我自己这里发出的吧？难不成刚才下车后踩着狗屎了？想到这里，我有点冒汗了，低头稍稍抬了抬脚，看了看鞋底，没有啊……这到底是怎么回事？

我听课时发现，坐我旁边的孩子一直没有听课，但也不会吵闹，只是不时地伸长脖子四处看。这时的我，也不想追寻那股气味的源头了，好好听课吧。一节课下来，我很专注地在听课，这位老师讲课很认真，也很有才气，展示了自己的书法作品和对联。学生呢，说实话，没有市区的孩子那么活跃，也有可能是因为一下子来了这么多老师听课有点怯场了，而且从他们回答问题来看，这些孩子的基础也不大好，老师教起来有点吃力。

而我旁边的这位同学，老师说记笔记的时候，他也会提起笔，但不写字，就在课本的空白处画圈圈，把书画得满满的，而且很整齐，远看就像记了密密麻麻的笔记一样。画完了圈圈，他就会把头抬起来，认真地打量每一位来听课的老师，包括我。说实话，我还真觉得有点尴尬，我就坐在他旁边，他这样盯着我看真让我感到不自在。不过我没有表现出来，也没有和他对视，自顾自地听课记笔记。他也挺自在的，望一望，玩一玩，记一记，一节课就打发过去了。

第八辑

四月清明　丝雨绵绵

4月2日
星期一　晴

下午一回办公室，一个老师就问我班上有没有心理有问题的学生，一听到这里，我心里那个激动啊……

“对了，我看到群里你在问谁班里有心理有问题的学生了，可是我们是老师不是医生，我们怎么知道他们有没有心理问题？我看到还有老师回复了‘××同学有抑郁症！’我想问一下，这抑郁症是医生的诊断结果吗？我们能下定论说哪个同学有抑郁症，哪个同学有精神分裂吗？”我很气，语速也很快。

那老师笑了笑，说：“不用医院开证明啦！就老师自己观察啊！”

我更气了，“自己观察？就因为他比较内向，或者不爱说话，然后我们就说他心理有问题，甚至还给他扣上抑郁症的帽子，这对这个学生来说也太不公平了！”

这个老师听了我的话后，意识到了自己的错误，并对××同学道歉。他也在群里向大家说明了情况。

我承认，现在的孩子心理承受能力普遍比较弱，自尊心和个性都很强，很多孩子都有一颗脆弱的心，但也正是因为这样，我们要照顾他们敏感的心灵，尤其不可妄自揣测或评定。

试想一下，一个比较文静或者内向的孩子，如果知道他被老师断定为抑郁症患者，那伤害有多大。

4月3日 星期二　晴

昨天的大课间跑操，我因为穿了条裙子，就没有和他们一起跑，但我在一旁默默地帮他们数圈，一共跑了10圈。我和孩子们说，明天跑操如果能跑到12圈，我就不布置语文作业了，孩子们非常激动，纷纷表示要拿下12圈。

今天我一进教室，全班哗然。

“老师，你今天怎么不穿裙子了？”

“老师，你穿裙子最漂亮了！”

“老师今天穿了一套运动服和一双运动鞋，完了完了，肯定要和我们一起跑操了！”

嘿嘿，我参加跑操的话，规定他们不准超过我，由我来控制跑操的速度，所以他们觉得我肯定会为了让他们有语文作业而故意跑慢点。

第二节课下课，熟悉的广播声并没有响起，原来是初三月考，不做操和跑操了！得知这个“噩耗”后全班同学都很失望。为了不让他们太失望——其实也是我希望他们能“得逞”

一次，好每天都能认真地跑操。于是我示意他们安静地下楼去操场集合，然后我们自己跑，绕着操场跑5圈，就不布置语文作业了。

我在队伍的最前面，带着他们跑5圈，其实也就1000米，但可能是我最近少锻炼，刚跑了一圈，就有点喘不过气来。跑到第3圈的时候，真的感觉跑不下去了，于是我在一旁站着，示意他们继续跑。

看得出来每个人都跑得挺累，尤其是今天气温挺高的，很多孩子都跑得汗流浃背了。这样挺好，这个年龄段的孩子，精力很旺盛，这样跑跑步，一来可以宣泄情绪，二来还可以锻炼身体，同时为以后体育考试得高分奠定基础。

终于跑完了，一群孩子围着我大声地问："老师！今天是不是没有语文作业了？"

我笑着说："今天没有语文作业！"

"Yeah！"全班欢呼。

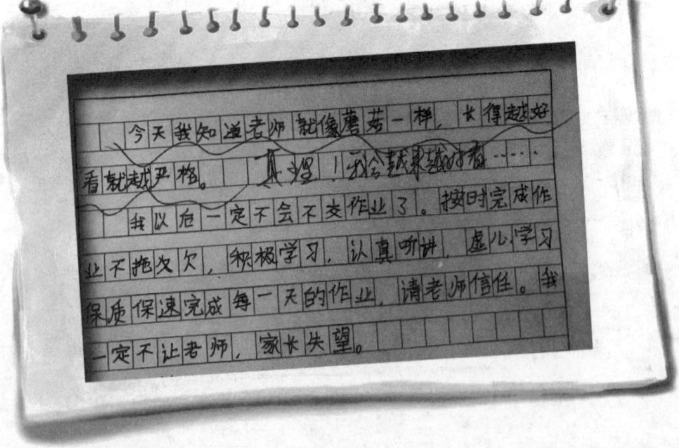

4月4日
星期三　多云

是不是季节的原因？抑或是个性使然？最近班里女生中有一股负能量在迅速蔓延……

负能量会传染，我也不知道源头在哪里，但每次一进教室，就会感觉教室仿佛笼罩了一层灰霾。尤其有几个女生，头顶像是有一团乌云，让人感觉不太舒服。

小郑是一个看起来蛮文静的女生，但思想很消极，从她的作文、周记中能很明显地感受到，她眼中的世界是灰色的；小伍是一个很开朗又有个性的女生，性格中还有一点泼辣，在外人看来大大咧咧的，其实她内心特别敏感，常常以无所谓的态度来掩饰自己的在意；小张是个很活泼的女生，爱笑也特别爱哭，有时前一秒还在笑，后一秒却趴在桌子上痛哭，她是个很温暖的人，人缘也很好……

这些女生，她们有一个共同特点——很缺爱。从这个角度来讲，这些都是可怜的孩子，或是家里父母工作忙无暇顾及她们，或有家庭纠纷、父母感情破裂。女孩又到了青春期情感最脆弱的时候，在家里寻求不到父母的关爱，在情感上就很孤独，甚至会通过不恰当的方式宣泄情绪，或者在别的地方去寻求关爱……这些，我都不想看到，但我只能尽我所能，在适当的时候帮她们疏导，却也不一定能达到我想要的效果。说实话，我很彷徨，也很无奈。

负面情绪会传染，我得好好调整一下自己，必须先保持一个阳光的心态，才能让阳光普照大地。明天开始清明小长假，好好晒晒太阳吧。

4月8日 星期日 多云转晴

今天是小长假结束后第一天上课，周日补周五的课，也是我最不喜欢的下午的课。

一进3班的教室，这群调皮鬼照例很浮夸地"哇"，然后就是赞不绝口地说："老师今天又漂亮了哦！""三天没见，老师又年轻了！""老师今天的新裙子真好看！"……这群家伙真是乐此不疲啊。

我笑了笑，还没来得及说话，第一排的小谢就喊了一句："老师，小吴明天要回来了哦！"

"嗯？小吴？真的吗？"我有点惊讶。小吴是一个很活泼的男生，人特聪明，反应又快，上学期还一度当过语文科代表呢。只是后来表现一直不太好，这学期刚开学没多久就开始请假，到现在应该有一个月了吧。

“对啊，小吴明天真的要回来上课了！我们数学老师说的！”数学老师是他们的班主任，那保准没错了。看这些孩子满脸期待的样子，毕竟也一起做同学这么长时间了，大家也都挺好奇他究竟为啥这么长时间没来上学。

其实我大概知道他的事情，但这些事情不太适合和同学们说。一个初一的孩子，一个月不来上学，的确很不正常。小吴这个人，因为反应很敏捷，课堂上经常会有些奇思妙想，甚至经常影响课堂的秩序，他不在的这一个月，说实话，我上课时看着那个空荡荡的位置、孤独的同桌，总觉得有点心酸。这个年纪的孩子，的确不应该在上学时间出现在教室之外。

在我的教育生涯中，所遇到的教育个案也并非全是成功的。作为教育者，我们的不成功不同于商人的少赚点钱，也不同于销售人员的少卖两件货，或者是护士扎针没扎准需要重来，教育的失败可能会毁了一个孩子的一生，还可能会毁了一个家庭，甚至可能对社会造成严重影响。虽然教育失败不仅仅是教师单方面的责任，但我觉得我们也是难辞其咎的。所以，我时时刻刻都在提醒自己，育人远比提高分数要重要得多！教孩子如何做人，也应该是所有老师共同的责任。我们多努力一点，他们的未来就会更绚烂一些，社会也会更美好一些。

对于小吴，教育的“革命尚未成功”，我，还有他的其他老师，还得继续努力。

4月9日
星期一　晴

今天早上，我们班终于也来了一位实习老师。别的班两周前就已经有实习老师了，还好，现在我们也有了。

早上第三节课是我的语文课，我刚准备上课，只见实习老师来到了教室门口，我走出去问她有什么事，她怯生生地问了句：“老师，需要我去做个自我介绍吗？”

“嗯？”我有点懵，不过还是点了点头，“给你两分钟可以吗？”

“可以呢！那介绍完还要不要说点其他什么呢？”她挺虚心的。

“这节课是我的语文课，你介绍完就可以了，我还得上课呢！”我笑着说。

“哦哦，我还以为是班会课。”她有点尴尬。

教室里这群孩子已经“蠢蠢欲动”了……

“这是我们班新来的实习老师小陈老师。”我走上讲台对孩子们说。

全班爆发出热烈的掌声和欢呼声，那场面实在令人太激动了！是的，排除他们天性热情活跃的因素，那就是他们对实习老师的特殊情感。上学期来实习的“暖男”小王老师，简直就是孩子们的贴心大哥哥，孩子们至今仍对他念念不忘。这会儿一听说又有实习老师来了，这群家伙简直兴奋得不能控制自己！

“同学们好！”小陈一开口，就被孩子们打断了话。

“老师好！”声音整齐而洪亮，每张脸上，都洋溢着发自内心的笑容和期待。这股热情劲儿，还好我刚才和小陈先交了个底，说我们班的孩子们相当活跃热情，而且可能由于我平时对他们的约束较少，因此他们显得更加自由奔放，这下，小陈应该是见识到了。

“老师，您是教什么的？”

“老师，您认识小王老师吗？”

“老师，您来这里实习多久呢？”

…………

小陈很无奈地看了看我。

“好了！大家能不能安静地听小陈老师做个自我介绍呢？”我发话了。

总算暂时按捺住他们的无敌好奇心了。

“我姓陈，是教英语的，同时也是实习班主任……”

“小陈老师，您真不认识小王老师吗？”

“小陈老师，您来不来陪我们跑操？”

“小陈老师，您改我们周记吗？”

…………

唉，这群家伙！

估计他们已经兴奋到没耐心听实习老师讲话了，而且，眼前这位斯斯文文、白白净净、戴着眼镜的小个子陈老师，估计完全勾起了他们对同样是小个子的实习老师小王老师的回忆。上学期小王老师走时全班哭得稀里哗啦的场景还历历在目，这次，他们又将和眼前的这位小陈老师演绎一段怎样精彩的故事呢？

不过我决定周记还是由我自己来批改。上次小王老师来实习是在上学期刚开学的时候，他是心理学专业的，为了让他尽快熟悉班里孩子的思想动态，我便把批改周记的工作交给了他。也不得不说他真是孩子们的知心大哥哥，没多久就俘获了这群孩子的心……但是，因为随着时间的推移，和孩子们也建立起了信任，所以很多孩子都愿意在周记里写些小秘密，出于对他们的秘密的尊重，还是由我自己来批改吧。不过，可以想象得到这周孩子们的周记肯定都是写实习老师了！

4月10日
星期二　多云

最近我们年级来了很多实习老师，今天批改周记，有孩子写道：“我们的好些课都是实习老师来上的，本来以为不太好，结果发现有些实习老师课上得比我们老师还好……”

嗯，这个问题嘛，有点尴尬了……虽然实习老师在教学经验上比较欠缺，但也正是因为如此，他们的教学形式更加活泼新颖，加之与学生年龄较为接近，沟通起来也更容易。更重要的是，他们兼有学生和老师的双重身份，更能理解学生的想法，所以的确很受学生欢迎。这样一来，我们这些老教师也该有点压力了，挺好的，压力产生动力嘛！

今天大课间做完操之后，孩子们看着我的运动鞋暗自高兴，他们心里肯定在想：“今天老师要跑操了，我们要和语文作业说‘再见’了。”没错，我今天是打算跑一跑，一来自己能运动一下，二来这些精力旺盛的家伙也要发泄一下，跑12圈就可以免今天的语文作业，这对他们的诱惑还是很大的。

结果，没想到刚做完操广播就停了，这机器坏得可真“及时”啊！等了一会儿，仍没播跑操音乐，其他班的学生陆陆续续回教室了。我没走，我们班的孩子也没走，大家心照不宣，没音乐也可以跑啦，哈哈哈！

今天没语文作业，皆大欢喜！

4月11日 星期三　晴转多云

今天和闺密吃饭，说起某些老师对学生不负责任时，都非常生气。

我不敢说自己多么伟大、多么崇高，甚至无法厚颜无耻地说自己在教师队伍中算多么优秀，但我也会做好作为一名语文老师、一位班主任该做的事情。因为我知道，对于学生来说，遇到一位自己喜欢而又喜欢自己的老师是多么幸运，所以我力求让每一位学生都不觉得老师会忽略他。当然，如果能让学生觉得老师很关注他、关心他那就更好了，只是这个实在有点力不从心，毕竟一个班就有49人，而且我同时教着近百人。

无论如何，我教的学生我是打心眼里喜欢他们的。有一次课间，我在办公室和另一位老师吹嘘我们班的孩子朗读有多么出色，不，这个不叫吹嘘，他们的朗读真的相当不错。我在班里笑他们是“戏精”，一提示他们要有感情地朗读的时候，那浮夸的演技，简直就像课文里面的人物上了身，听得我鸡皮疙瘩都掉了一地。我发自内心地觉得：这就是最好的、最地道的朗诵！我正无比陶醉地和那位老师聊着的时候，冷不丁从身后传来幽幽的声音。

“老师，您真是一个炫生专家！哈哈哈……”是我们班的一群调皮鬼。

“干什么啊你们！真是的！偷听人家讲话太过分了吧！”我故作生气地走开，感觉脸有点发烧……哎呀，真是讨厌啦！

4月12日
星期四　多云有阵雨

昨晚一位家长对我说，怀疑她的女儿早恋，并罗列了一堆充分的证据。我建议她好好地和女儿谈谈，而且交代她千万不要大惊小怪，也不要强制规定女儿该怎样做，否则容易引起反效果。

其实我是不愿意轻易用“早恋”这个词的，什么叫早恋？多早才算早恋？衡量的标准又是什么呢？青春期的孩子，对异性产生朦胧的感情，会特别关注心仪的对象，或偶尔和他（她）放学一起走，在QQ上聊几句，他们就会觉得自己是在恋爱了，但其实，这种朦胧的感情来得快去得也很快。之所以称之为朦胧，是因为除了这种感情本身带有的不确定性之外，还源于他们对心仪对象的不了解，所以这种感情也会比较脆弱。

今天一早，我就到班里说了这个问题，其实这个问题并不只是在我们班里出现，估计其他初中也会出现吧。我首先肯定了这种感情是美好的，但目前来说，更适合把这份美好的情愫藏在心里，等到了适合的时候，再来谈一场轰轰烈烈的恋爱。

4月13日 星期五　阴，有阵雨

今天早上第三节课，我们班被借去上区的公开课。正好因为下雨，第二节课课后的大课间被取消了，我听完第二节课的公开课后，就准备回班上去招呼他们来录播室上课，没想到这群心急的孩子已经走到了录播室门口了。

由于录播室里还有老师在评课，我便示意大家在走廊等着。这群孩子既兴奋又有点小紧张，不停地来回走动，小声又浮夸地说：“老师，我好紧张啊，里面好多老师，我都吓得快发抖了……”我拍了拍身边的小陈，对着大家轻声说：“紧张个啥，就按平时正常发挥就好了！”

终于进了教室，这群孩子立马像变了个人似的，一本正经，还挺成熟大方的。科代表开始带读课文，整齐而又响亮的读书声在小小的录播室里回荡，只是语速越来越快，越来越快……大概是这些古诗、文言文他们都背得滚瓜烂熟了，也可能是他们想要在众多老师面前炫耀他们读书很流利。好吧，我承认这飞一般的朗读速度把他们内心的紧张给出卖了，正如刚才在教室门口小潘对紧张得想去厕所的小刘说了一句：“别像个胆小鬼似的！”

课堂上，孩子们都尽力地表现自己，每次老师提问都非常地配合，回答问题时说得很有条理，回答完了全班同学还会报以热烈而严谨的掌声：啪啪——啪啪啪——啪啪！这是他们在军训的时候教官教的鼓掌方式，爽朗而又干脆，很鼓舞人心。

老师请学生朗读课文，第一组推选了他们的组长小李，这个非常内秀的女孩，虽然朗读不是她的强项，但看得出来她非常认真；还有声音很好听的小黄，毛遂自荐，落落大方地朗读了一段课文，声情并茂，让人陶醉；副班长小周在回答一个难度挺高的问题时，分析得非常深刻，几乎超出了一个初一孩子的见解，博得了大家的一致好评；而素有“丘教授”美誉的小丘，更是气场十足，回答问题精辟且有内涵，还很机灵地懂得在答案中赞美一下老师，让在场的老师都不由得为他点赞。

出色的孩子太多了，我作为班主任，坐在教室的角落里看着他们的表演……哦不，是表现，心里只有一个字：棒！

无法掩饰我内心的满意，我笑着看着他们，感觉自己被幸福包围着，飘飘然的，哈哈哈……

4月16日 星期一 多云

一早发生了一件不太愉快的事。

班会课上，值周班长小邹在小结时，谈到了上周的纪律，由于书法课很多同学违纪，因此我示意小邹点名批评那些同学。当念到小潘的名字时，这家伙顿时火了，很气愤地大声骂着，站在一旁的我急忙制止他，没想到他还停不下来，甚至还骂了一串脏话。我立即呵斥他，他总算闭嘴了，低着头仍然很不服气的样子。

下课后，因为我接下来还有两节课，就没找小潘谈话，打算第四节课再找他。没想到班里有同学来告状了，说我一走小潘就抄起自己桌子底下的开会时用的小塑料凳砸向了小邹，还伤到了旁边的女生。这个冲动的家伙，我真的对他的屡教不改有点失望了。

总算上完了三节连堂课，一下课我就把小潘叫来办公室。

“大课间你去哪儿了？”我面无表情地问他，声音不大。

“厕所。”

“那么长时间一直待在厕所干什么？”

“和朋友聊天。”

“哪个朋友？”

“小刘和一个初二的同学。”可以想象，这俩家伙也是和小潘一样为了逃避做操、跑操而躲进厕所的懒虫。

“那大课间之后的数学课呢？前半节课你去哪儿了？”

“在厕所。”

“还待在厕所？在干什么？”

“玩水。”

“玩水？你是说你宁愿待在厕所玩水也不回教室上数学课？”

“……”

我望着他，他把头扭向一边，不与我对视。

“班长说你上周书法课违纪，你那么气愤是觉得班长冤枉你了吗？”我的声音仍然不大。

“我根本没讲话！”他很理直气壮地说。

我立马叫来小邹，问是什么情况，小邹瞥了他一眼，小声说了句：“可你在玩手机。”

“上课玩手机！小潘，你觉得这不算违纪吗？”我提高了音量。

他低头不语。

“你违纪了班长批评你有错吗？你凭什么那么气啊？还用凳子砸她？”我语速很快，因为我也挺气的。

他仍不语。

“小潘，在我记忆中这不是你第一次对女生动手了！”我的语气缓和了一点。“上学期，你也对班长动手了的，你还记得吗？”

他点了点头。

“当时我也找了你谈话的。小潘，你是一个男子汉，任何时候都不能对一个女孩子动手！无论什么事情，都可以找到比动手好百倍的办法来解决，为什么你总是要这么冲动呢？”

“冲动是你最大的毛病你知道吗？不能改吗？”

“我知道，所以我现在都克制自己了，这个学期我都没有打过架了……”他小声地说。

“但是你刚才还对女生动手了！”我反驳他。

“……”

“你的这种行为，真的很没风度，很没气度，很不男人！”我的话说得很重。“虽然你现在才上初一，还没成熟，偶尔犯错还是可以原谅的，但你也要知道悔改啊。事不过三，我不希望你还有下一次，知道吗？”

“嗯。”他轻轻点头。

“你答应我，以后绝不对女生动手，可以吗？”我死死地盯着他。

“可以。”他回答得很轻，我不知道他是不是真的下定决心了，但是还是愿意再相信他一次。

“你现在坐在教室最后一排，几乎所有的课都不听了，这是要放弃自己吗？你是打算浑浑噩噩地过三年吗？”

“不是。”

“这样吧，如果你觉得需要，我可以考虑把你调到第一排坐，怎么样？”我确实不想放弃他。不知为啥，每次小潘犯错，我都会想起他在军训时的表现，有责任、有担当，愿意为班级奉献，这样一个阳光向上的少年，不能放弃！

他有点犹豫，看得出来他也在思考权衡。

“调到前排，肯定不像你现在坐在最后一排那么自由，老师会管着你，前排的同学也会阻止你讲话，只有这样你才能慢慢地改变，你自己想想吧。”我很诚恳地帮他分析。

“好！”他声音不大，但语气很坚定。

“好！那你这节课下课后就把桌子搬到最前面，我期待你的进步！”我内心挺激动的。

“嗯。”他低着头轻声应了一下，就回教室了。

今天的谈话，我挺满意的，至于结果嘛，走着瞧呗！

4月17日 星期二 晴

我今天忙了一天，在出试卷，因为周四考试要用，好累啊……

我不是一个喜欢喊累的人，可当了班主任之后，真的累。而且，我发现，我现在吃早餐的速度快得惊人，一碗汤面加一个煎鸡蛋，按正常速度大约10分钟吃完，可如今，我的早餐基本都是在5分钟内解决的。因为我清楚，如果不三下五除二把它吃完，有可能就要到第三节或第四节课的时候才能吃了。唉！

下个月我要上一节公开课，我打算请我们班的小老师来上课，在全校的语文老师面前展示一节学生自己上的语文课，真正地做到把课堂还给学生。哈哈，听起来都觉得挺不错的！下午我叫来了小丘和小黄，打算让他俩担任小老师，一人上半节课。性格外向的小丘一听我说要他上公开课，就兴奋得差点从椅子上蹦了起来，还拍着胸脯说“我上课绝对是最棒的”，这个家伙！稳重的小黄只是微笑着看着小丘，心里大概在考虑到时该如何上好这节课。对于这两位小老师，我是很有信心的，至于我们班的这些孩子，我更是无比放心。

好了，可能太累了，头痛欲裂，今天就写到这里吧，晚安。

4月18日
星期三　晴

下课刚回到办公室坐下，一群女生就把我围了个水泄不通。

“老师，您今天又漂亮了。”

“就是就是，老师，您是我们这里最漂亮的老师了。”

“老师，您对我们这么好，简直就像亲妈一样哦。”

……

赞美之声不绝于耳，我很平静地微笑着，边干着我的活，边默许她们继续“表演”。一只手在背后轻轻捋了捋我的马尾辫，接着一阵窃笑，然后无数只手接着拨弄，窃笑变成了肆无忌惮的大笑。

“洗手没啊你们？”我佯装生气，回头说了一句，不过她们并不吃我这套。

“没洗没洗，这几天都没洗手呢。”

“哈哈哈哈哈……”

突然，后脑勺飘来一阵凉风，我扭头一看，小黄拿着把小扇子在给我扇风呢，舒服啊。

“不错不错，继续继续。”我赞许地笑着对她说。

小黄扇得更带劲了。接着一双手放在了我的肩膀上，轻轻地捏着，小甘探着脑袋说道：“老师，您辛苦了，我帮您按摩吧！”

“啧啧啧，这手艺真不错！”我竖起了大拇指。

坐在对面的小潘老师终于忍不住了：“受不了你们啦！简直跟服侍‘女王’一样啊！”

“对啊对啊，老师你怎么知道这就是我们的‘女王’啊？哈哈哈哈哈哈……”

“小心被拍照、拍视频传到网上你就变成网红了！”小潘老师给出了善意的提醒。

我突然一个激灵，脑海中浮现起几年前一个学生给老师撑伞然后被拍照发到网上的事情，那时可是骂声一片啊……万一，我，我们……嗯，顿时我的头皮发麻，脊梁感觉到一阵凉风，不不，我不要做网红。不过，我也不打算拒绝这群女孩的爱意，无所谓了！

这是我和女孩们的日常小插曲。

4月19日
星期四　晴转多云

今天早上连堂课考语文，可能因为题目有点多，第二节课下课了还有很多同学没写完作文，我一说“收卷”，立马听到教室里哀号声一片。

“老师，作文还没写完啊，求求您多给10分钟吧！”除了几个哇哇大叫的家伙，更多的是埋头奋笔疾书的孩子，有些孩子甚至急得满头大汗。看到这样的场景，我有点于心不忍。

“好吧，我们不去做操、跑操了，再给你们点时间写完吧。”话音刚落，台下一片掌声。我心里却只能苦笑。唉，恐怕得挨批评了，一次不去做操大概会把这个月的文明班分全部扣完了吧。不过也无所谓，我们班一直也没评上文明班，不是我们不优秀，而是向往自由的我们还有更多可以上升的空间。

课间实习老师来告诉我，班里有几个女生在闹矛盾，问我该怎么帮她们解决。我笑了笑，问清楚了具体情况之后，很淡定地对她说，这些都是这个年龄的小女生最正常不过的矛盾了，就是你和她玩不和我玩，我就在背后说你几句坏话之类的。对于我们这些过来人来说，都是鸡毛蒜皮的事情，要帮她们处理简直易如反掌，但是我不想这样做，我觉得她们有足够的能力可以自行解决。即使一次解决不好，还可以再来，一直到解决好了为止，这也是她们成长的必经之路。实习老师很聪明，听我说完后很满意地走了。

其实，成长还真是一种痛，在痛中蜕变，在痛中历练，最终成就一个美好的自己。

4月20日 星期五 多云转晴

给这群孩子上课，实属不易啊……

下午的课由小老师来上，由于之前布置了预习作业，孩子们预习得都很充分，因此我一提出由他们来上课，就有几个孩子把手举得高高的，我把机会给了坐在前排的小陈。

小陈虽然个子小，但胆还挺大的，看得出他也是有备而来的，课上得挺顺利，讲台下的孩子们也没让人失望，举手回答问题都很积极，一节课下来掌声不断。最后，小陈留了5分钟让我来小结。

“我想问一个问题，”我顿了顿，大家都无比安静地竖着耳朵等我继续说，“为什么我上课的时候，我每说一句话你们就不会鼓一次掌？而……”我的话还没说完，台下掌声雷动，嗯……这算是补偿吗？

“而小陈上课的时候……”热烈的掌声又响起，活生生地把我的话给打断了。我示意大家停下。

“而小陈上课的时候，他每说一句话你们都会鼓掌呢？”无比热烈的掌声又响起。

“我不是要你们给我掌声……”掌声适时地响起。

“我的意思是……”掌声又来了。

“我的意思是你们并没有把小陈当老师吧……”掌声愈加热烈，还伴随着喝彩声。

“我……你们这群‘戏精’！”掌声，不管我喜欢不喜欢，接受不接受，我终于也享受到了和小陈一样的待遇了。我每说完一句话，哦不，有时还是半句话，掌声就会响起。唉，我停了下来。

台下这群调皮鬼已经笑得前仰后翻了，“老师，您看我的手都拍红了！”“我的也是！”“我的才是最红吧……”台下伸出一双双比猴子屁股还红的小手，我也是无语了。

“没事，老师，我们以后会多给您一点掌声的！”小黄话音刚落，雷鸣般的掌声又响起了。

天呐，救命！我被你们这群孩子打败了……

4月23日
星期一　雨

今天一早6点多我就到学校了，为期一周的值周正式拉开序幕。孩子们第一次值周，果然啥都不会，还好我早有准备，有惊无险地总算在7点半升旗仪式开始前把校园打扫干净了。

早上收到了一大箱的快递，是买来做奖品的文具。期中考试在这周五进行，考完后准备奖励一批同学。还有六一儿童节也快到了，这是孩子们过的最后一个六一儿童节，到时候也得想点好玩的节目，丰富一下他们的儿童生涯。当然，继班报之后，我最近又提出了一个小评比——黑板报评比，也是有奖励的哦。

“我们的黑板报评比，每个小组都已经报上名来了，按照你们填报的顺序，第一期黑板报由小周这一组来完成。”话音刚落，掌声响了起来。

“我们这次评比，要求四人小组内的每一位成员都要参与，不管是版面设计、插图、抄写，都应该由大家一起完成。每一期板报出好之后，我都会拍照，全班十二个小组都轮完之后，我们就根据照片来投票评选，选出优秀板报并进行奖励。”掌声又响起来了，大伙儿看起来都挺自信的。

我觉得，每周换一次黑板报，既调动了大家参与的积极性，又可以为教室增色不少，真是棒棒的！

4月24日
星期二　多云

虽然天阴沉沉的，但是大课间做操、跑操还是没有暂停。也好，今天我穿了跑鞋，好久没跑操了，嘿嘿！

做操的音乐刚停，几个女生就朝我嚷嚷道：“老师，您今天要跑步啊？那我们可是要跑十二圈的哦，为了没语文作业拼了！”

说实话，按这个跑操音乐正常速度跑的话，大概就是九圈十圈的样子，十二圈那得提速，我试试吧。

果不其然，为了今晚没有语文作业，大家出奇地团结，连在我前面跑的小胖也拼了。我跟在他后面，看着他喘着粗气时快时慢地跑着，说实话，我自己也有点喘不过气来。平时慢跑时，跑到音乐停下我都没觉得有多累，但这次因为速度比较快，才跑了六圈我竟觉得有点吃不消了。唉，看来真得多锻炼啊！

又跑了两圈，我感觉双腿特别沉，咽喉开始有点痛，呼吸也不大顺畅，我怀疑我坚持不了了。看看我们的队伍，大伙儿不像往常那样说说笑笑的，每个人表情都很凝重，无比专注地在跑步。好吧，我也不愿被这些家伙嘲笑太差劲，还是再坚持一下吧！我内心一直在祈祷：音乐快停，快停，拜托音乐停了吧！

继续坚持，感觉自己脑袋一片空白，机器般地跟着队伍拼命地跑着。这一刻，突然觉得挺感动，大伙儿一起，很认真地为了一个共同的目标在努力——好感人啊！（请忽略这个目标是啥。）

最终，妥妥地跑了十三圈！哦耶！没作业啦！咦，关我什么事？

4月25日
星期三　多云

吸取了昨天的教训，今天我决定不拼命跑了。

一开始，我就控制了速度，和前面的小胖拉开了一段距离。由于之前就定好了规定，他们都不许超过我，因此我身后的孩子们开始不乐意了。

“老师，您能不能跑快点啊？”

“老师，今天您跑得太慢了吧！”

“就是就是，老师肯定没吃早餐！”

我不理会他们，自顾自地匀速跑着，这样的速度对我来说刚刚好。

“六圈了！”小甘喊了一句。

“音乐好像过半了！”

“得加速啊！”

“老师在前面挡着，跑不快啊！”

…………

后面的家伙急得很呢，呵呵，我才不会告诉他们今天更正听写的作业必须得做呢！哼，总之，我就跑不快！

“音乐快结束了，还差两圈呢！”

“哎呀，老师您就不能跑快点吗？”

“我们不想写语文作业啊！”

“老师，要不让我们先跑吧？”小邹从后面追上来，和我并排着跑，那架势是打算要超过我。我向她挥了挥手，示意她回自己的队伍跑。

“最后一圈啦！大家加速啊！音乐马上要停了！”

“快点快点，老师，跑快点啊！”

眼看又跑了半圈，音乐还没停……我又减速了，望着终点就是跑不过去的样子，后面的孩子们非常着急，叫喊声不绝于耳。

终于，还差四分之一圈的时候，音乐停了！哈哈哈哈！

一切尽在掌控之中，完美！

4月26日
星期四　阵雨

今天又是一大早到校看值周，接着早读课加四节连堂课，因为下雨还把大课间取消了，学校不放心学生在室外玩，硬是让科任老师多上20分钟课。唉，而且全程都在讲，苦不堪言。放学后，我瘫坐在办公室的椅子上，由衷地觉得做老师真的挺不容易。

经常有人会问我：“当老师辛苦吗？”我总是毫不犹豫地回答：“干哪行不辛苦呢？”可能在众人的眼里，做老师是挺辛苦的，一个老师管着四五十个学生，而且这些学生在家里还都不是省油的灯，家长都伤透了脑筋，学校里这一大群的孩子还不愁死老师啊……哈哈哈，还好，这些“不省油的灯”来到学校后都还会“省点油”，可能因为学校灯太多了吧。

我们班的这一群“灯”，明晃晃的，一般人还真驾驭不了。今天偶尔经过楼上的班级——一个训练有素的班，班主任尽心尽责，要求也很严格，我发现教室里黑压压坐满了人，却静得如空无一人……再走进我们班的教室，那个闹腾啊……最近发现我们班的孩子实在有点放肆了，不分场合地开玩笑，大概是孩子还把握不了做事的度，没拿捏好分寸，有时还在全年级师生面前追着年级长大喊他们给年级长起的外号。但是作为学生，对待年级长或是其他老师时，都应该保持尊敬、礼貌的态度，而不是随心所欲地开玩笑。持过于放肆的态度，也许还会影响他们处理其他事情的方式。等期中考试之后我真得和这些调皮鬼好好说说，再着重强调一下事情的严重性。

明天期中考试，孩子们大概都在复习吧，加油哦！

4月27日
星期五　多云

监考了一天，真的好累。

最后一门考试监考一个年级里几乎最差的班，一进教室门我就皱起了眉头，这教室，实在太脏了！讲台上几张前几科考试的试卷杂乱地放着，粉笔和作业本横七竖八的，最奇怪的是讲台上竟然还放了一块吃剩的不知是馒头还是面包的东西，一些白色的食物屑散落在讲台的每个角落，还有一些类似糖浆的物体黏在试卷和作业本上。

我把桌面清理了一下，教室里一阵嘈杂，我抬起头一看，地上有不少垃圾，有纸屑、面包屑、塑料袋……几乎无法正常通行。在如此混乱的教室里，学生们仍然很开心地谈天说地。

看到这里，我一下就来气了。

“你们看看你们的教室！和垃圾堆有何区别？你们每天在这样的教室里还能上课、考试？”虽然没有用麦克风，但我的声音很大，原本吵闹的教室顿时安静下来，可我刚一说完，教室又热闹起来了，这些学生对我的话不以为意。

“我第一次见这样的教室，既然你们把教室弄成这样也不觉得丢人，那我帮你们拍几张照片发到学校的群里，让全校老师都来看看你们这个垃圾堆教室吧！”我拿出手机拍了几张照片，这时教室又安静下来，大概是看我拍照了，他们这才觉得事态严重吧。

虽然我们学校是普通的公立学校，但是班与班之间的差距还真的挺大。虽然我们班在年级中不算是最好的，但我也是很用心地去培养一个好的班风、学风。我喜欢学生活跃，但必须要有正气，我觉得这是一个班级、一个人的根本，失去了这一点，所有的工作都是徒劳。我开始理解为什么现在有很多家长绞尽脑汁、想方设法把孩子送去最好的学校、跟着最好的老师了。面对这种情况，我，以及其他老师，是否应该深刻思考，作为教育者的我们，怎样才能避免失职呢？

4月28日
星期六　阴天有阵雨

今天是考试的最后一天，我想着孩子们就快“小解放”了，不由得替他们激动了一下。想当年，我考完试的时候也会如此兴奋，无论是单元测验还是期中或期末考试，考完都要给自己一个理由去放松。当然，也有例外，那就是高考，考完之后竟没有预期的轻松，反而有点失落，大概是想到这种紧张而充实的单纯日子不复存在了吧……

还有一大沓试卷等着我批改，唉，批改试卷也挺影响心情的，因为许多学生的字实在不敢恭维，非常潦草。要是偶尔能改到一张字迹工整的卷子，那简直是上天的恩赐，会批改得格外用心，而且因了这份赏心悦目，可能还能愉悦好几分钟呢。可是这种卷子实在很少见，可能也和这些年轻的孩子不太注重练字有关吧，总觉得在手机、电脑上打字就行了，没啥要动笔写字的机会。殊不知字如其人，不少人还真是被自己的一手丑字给毁了。

下午开了一个大会，是传达某会议精神的会议，台上的人说了啥我没听懂，倒是满脑子算计着我还有多少沓试卷没批改，得批改多久，会不会影响明天的五一小长假……

第九辑

五月初夏　繁花似锦

5月2日
星期三　晴转雷暴

小长假结束了，却没见有“假日综合征候群”，原因是明天去春游，孩子们兴奋得不得了。

第一节课是我的课，上课前我讲了一下春游注意事项，结果一发不可收拾了。

“老师，我们能不能带手机？我想拍照啊！”

“我们烧烤买点啥啊？”

“我要带两包薯片去吃，再买瓶可乐！”

…………

台下热闹非凡，熙熙攘攘的犹如菜市场，孩子们个个眉飞色舞地、滔滔不绝地说着，全然忘记正在上语文课。我正犹豫着要不要打断他们，突然……

“别吵了！你们是不是不记得这是语文课了？”第一排的纪律委员小雷大声喊了一声，“你们看老师的脸色，一点都不懂得察言观色！哼！”这家伙气鼓鼓地把头扭向一边。

他这一喊果然有点效果，大家渐渐安静下来了。终于可以开始讲课了，今天讲《爱莲说》，讲到唐朝人爱牡丹，至今仍有牡丹节供人们游玩。一说到“游玩”二字，不得了了，又一触即发。

“明天我们也要去游玩咯！”

“哈哈哈，想着都好开心啊！”

“不对，明天会不会下雨啊？”

“老师，万一明天下雨怎么办啊？”

“天气预报说，明天确实下雨，如果早上下雨的话……”我的话还没说完，台下一片哀号。

“不要啊不要啊不要啊！”

“老天爷一定要保佑啊！”

“无论如何等我们回来再下啊！”

“就是就是，回来十级台风都不怕了！”

…………

受不了了，今天的课真是没法上了！

5月3日 星期四 多云转阵雨

一早，天气不错，虽不是晴空万里，但凉爽的阴天貌似更适合烧烤。啦啦啦，我们去春游啦！

一个小时的车程很快过去，来到云门山，孩子们犹如脱笼之鹊被放归山林，自由自在，无拘无束。我的目标很明确，一进大门目的地直指碰碰车——我的最爱，大概是小时候没玩够，哈哈哈！一群女生跟着我，那时人还不多，没排几分钟的队，我们就坐上了碰碰车，场内好几辆车都是我们班的。9班的小潘老师也在场内，煽动着我们班的女生：“等一下我们一起去碰你们叶老师好不好？哈哈哈……”

我的耳朵可灵啦，朝女生们诡异一笑：“你们可要认清谁才是你们的‘亲妈’哟……”

“亲妈，我们明白了！”女生们异口同声，然后不约而同地、不怀好意地朝着小潘老师一笑，嘿嘿！

孤立无援的小潘老师成了我们开局的“炮灰”，我们一路冲击追截，玩得相当痛快。玩完一局，我觉得不太满足，还想再来一局，只是此时排队的学生已经相当多了，毕竟我们这次上千人一起来，这小园子压力也挺大的。无奈，我只好悻悻地走到一旁看别人玩。

“老师，您为啥那么喜欢玩碰碰车啊？”小梅问道。

“我知道我知道，其实老师肯定是不敢玩其他很刺激的项目，所以只能玩碰碰车了！”一旁的小陈抢答道。

“哈哈哈，因为老师老了，所以只能玩碰碰车这种老年人才玩的游戏，哈哈！”小甘说完自己都忍不住大笑起来。

“对啊，我可是老人家了，你们要懂得尊老哦。”我笑着说。

“那您也得爱幼哦。”这些家伙回答得真够整齐的。

玩了一会儿，我就来到烧烤场，我们班有几个男生在烧烤。这架势，这材料，简直不亚于老字号的烧烤档，一串串的鸡肾、鸡翅、鸡腿、火腿肠、鱿鱼、豆腐……目不暇接，眼花缭乱。平时嘻嘻哈哈的小潘、小雷、小苏他们几个，烧烤起来竟然都特别专业，色香味俱全，把别的班的老师们都给吸引来了。平时我烧烤是出了名的棒，没想到他们也是"虎母无犬儿"啊，哈哈哈！难怪他们都说，一看就是我"亲生"的学生，颜值与厨艺俱高。

吃完烧烤后，又去玩了一轮碰碰车，这次专门凑了个我们班的包场，玩得更爽了！这次春游就在我们痛快而张扬的笑声中结束了。完美！

5月4日
星期五　阴天

下午发期中考试的试卷，我教的两个班均在同类别班级中取得第一名，心里美滋滋的。不过我没有告诉他们，毕竟最后的成绩还没有统计出来，可能发了试卷之后各班分数还有微调，而且开心的事情也可以留到周一公布，让他们能快乐一整周。好吧，我承认，是因为这几天实在太忙，我没时间买奖品了。没事啦，周一让他们乐和乐和呗！

发试卷时，按照我的习惯，必须亲自把试卷交到每个人手上，并告诉他分数。照例，有人欢喜有人愁。不过这次发试卷时，我当场手写表扬信奖励了一些学生，得96分以上的、得90分以上的、比上次考试有进步的均有奖励，有些学生领到了表扬信，开心得不得了。

我发试卷时，台下领到试卷的学生正忙着看试卷的分数有没有算错，没领到的则一脸忐忑，紧张地竖起耳朵听我念的每一个名字和分数。每听到一个不错的分数时，孩子们仍会用掌声来表示对同学的祝贺和鼓励。

“我的分数算错了！”坐第一排的小潘大喊一句，然后拿着试卷冲到我面前，“老师，我的分算漏了，我及格了！”

我快速算了算，是少算了4分，加上正好72分，刚好及格。

"耶！我及格啦！我语文及格啦！"他开心得无法自持，就像得到糖果的3岁小孩一样，拿着自己的试卷，从第一组跑到第四组，在每一位同学面前展示他那张72分的试卷，嘴里还喊着："我及格啦！"大伙儿都被他给逗乐了。小潘也不理别人是什么反应，像奥运会得了冠军的运动员披着国旗绕场一周似的，继续炫耀自己的分数。

领到表扬信的同学都很开心，没领到的应该会有点失落。不过不要紧，毕竟期中考试只是为了检测孩子们半学期的学习情况，以便查漏补缺。当然，孩子嘛，有点小刺激也是一种动力嘛！

说实话，我很期待周一。

5月7日
星期一　晴转暴雨

一早，我先后抱着一桶零食走进3班和8班，心里美滋滋的，孩子们领到零食边吃边上课也很开心，真希望每节课都如此轻松愉快。

不过，下午就发生了不太愉快的事情了。小潘和小丘打架了，我都不大好意思说出原因来。

上周我们去春游，小许把剩的一桶泡面带回教室，下午清抽屉时，她问谁要泡面，小丘就坐在她身旁，第一个就说了他要。坐在第一组的小潘听到了，连忙跑到第四组说他也要，小许就把泡面递给他俩，说了句“随便你们谁要吧”……这一句“随便”可不得了了，两个为了得到这桶泡面的“战士”犹如听到了战斗的号角，毫不客气地干了一架，小丘虽然个子大，却完全不是瘦高个小潘的对手，三两下手臂就被弄红了一大片。

没错，这俩家伙就为了争一桶泡面而打了起来，我听了真有点哭笑不得。

带小丘去医务室简单处理了伤口后，我把这俩孩子带回了办公室。叫小许把泡面带了上来，让小胖把泡面泡好。小胖真不愧是个吃货，对泡泡面很有心得，调料包什么时候放，蔬菜包什么时候放都很有讲究。不一会儿，小胖端来了一碗热气腾腾、香气浓郁的香辣牛肉面。

“你们，一起吃泡面去吧。”我指了指桌上的面，对小潘和小丘说。

两人毫不客气地扑向那碗面，一人用叉子，一人用我给的筷子，像跑接力赛似的轮番“进攻”那碗可怜的泡面。不到5分钟，泡面见了底，连汤带渣全被他们消灭了。旁边的围观群众都表示不可思议，暗自议论这俩仿佛从没吃过泡面的家伙。

待两人面足汤饱之后，我招呼他们在我身边坐下。刚才水火不容的俩人，这会儿仿佛又成了好朋友，一脸的笑容，仿佛刚才的拳脚相加根本不存在似的。不得不说这些家伙真是够幼稚的，幼稚得我们成年人无法想象，都初一的学生了，还跟小孩一样为抢吃的打一架。

“小潘，今天这一架应该不仅仅为了泡面吧？”我问。

“我是在打抱不平，大家都不喜欢他。”小潘有点理直气壮。

“大家都不喜欢他为啥只有你动手了？”我追问。

“我……我打抱不平啊！”

“你打抱不平，顺便争了个泡面。”我调侃他。

“噗……”他笑了，旁边的小丘也笑了，“就是他平时说话太欠揍了。和同学都是这样，大家都受不了。”

“那你为什么不能和他好好说呢？毕竟大家都不完美，你觉得他哪里做得不好就告诉他，你们不说或许他根本不觉得呢？”我的目光从小潘身上转到了小丘身上，“小丘，你发现大家对你不满了吗？”

“没有吧，好像又有那么一点点……”他有点纠结。

“当然，小潘先动手肯定是不对的，无论如何都不能用拳头解决问题！”我很严肃地望着小潘说，“你每隔一周不打架就会浑身难受吗？才好了几天啊，你就不能控制一下自己的情绪吗？”他低下了头。

我又对着小丘说，“但是小丘，你作为副班长，自己也要反省一下平时说话做事是不是太过随便了，是不是经常严于待人，宽于律己了？”他一副若有所思的样子，“作为一名班干部，你不树立好自己的威信是很难开展工作的，这点难道你不知道吗？”他点了点头。

“这件事就到此为止了，我都不好意思和别人说，我班里的学生为了一碗泡面打架。”

“嘘，老师，小声点。”两人一脸尴尬，自己都觉得很丢人。

“希望你们俩回去后都好好反省一下，下不为例！”

唉……看着他俩一边打闹一边离开的背影，我真有点无语了。

5月8日
星期二　多云转晴

做完操，照例一群女生簇拥着我像“女王”出巡似的走回办公室。

“老师，如果期末考试考好了，您能不能答应我们一个条件？”身边的小廿问道。

“说！”

“您能不能让我们看看您的素颜？”

“素颜？我素颜和现在差不多！”我大言不惭地说，不过我确实没化浓妆。像我这种赖床赖到最后一秒钟的懒人，最多抹个气垫BB霜，涂点口红。

“嘿嘿嘿……”她们不怀好意地笑了，仿佛我每天戴了个面具来上课似的。

“老师，您的脸太白了，脖子就显得好黄，您抹粉的时候干吗脖子不抹点啊……”小黄盯着我的脖子说。

“啊？很黄吗？”我下意识地摸了摸脖子。

“嗯！色差好大呢！”周围一群女生异口同声道。

讨厌！这样来揭穿人家，好尴尬的啊！

“哎呀！粉底很贵的啊，脖子就别浪费钱啦！”我回了一句，她们一阵窃笑。

真是的，谁要和你们讨论化妆问题啊！

5月9日 星期三 雨

下午开家长会。和以往任何一次家长会一样，教室门口、走廊、楼梯间里挤满了忐忑不安的学生，我一经过，他们就像看到救命稻草似的拽着我哀求：“老师，求求您千万嘴下留情啊！”“老师，多讲点儿好话啊……”“老师，我明天来不了了，您去粤北医院的ICU找我吧！”……

还好我有备而来。家长会第一个专题就是“让家长会不再是孩子眼中的洪水猛兽”。作为一位教育工作者，这几年我一直默默致力于推进这个事情。是的，家长会本该是老师和家长一同探讨家庭教育问题的机会，不知从何时起却变成了声讨大会。反正，我是不会召开这种变味的家长会的。会上，家长们被我的“三寸不烂之舌”说得频频点头。嗯，看来孩子们今晚不用去医院的ICU了。

家长会我没有重点讲成绩，分数不是最重要的。我认为，和家长一起探讨如何培养孩子阳光上进的个性和为人处世的方法远比成绩更重要，毕竟，这才是真正让他们受益终身的东西。

会后，很多家长向我表示，这次家长会很特别，学到了很多在教育孩子问题上很实用的方法，我听了心里美滋滋的，哈哈，好老师也是需要表扬的哟!

还有一个小插曲，就是在去3班讲课之前，我突然发现我的U盘不见了，里面有我辛辛苦苦做了两天的课件啊。就是害怕掉了，我才一直把U盘抓在手里，结果还是莫名其妙地不知放哪儿了，急得我楼上楼下乱跑，结果还是没找到。我只好硬着头皮走进3班教室，两手空空，仅凭一张嘴、一丝残留的记忆，滔滔不绝地讲了起来，蛮佩服自己的口才的！后来，在我们班里的一位家长的桌上找到了，是我刚在她这儿说了几句话，然后随手一放就忘了……

5月10日
星期四　雨

一早除了早读课还有四节课，连中途的大课间也因为下雨而改为上课，真当我们是超人了吗？真的，从期中考试开始就感觉没有轻松过。期中考试监考及批改卷子、春游、统计各项成绩、家长会前的准备、家长会，接着还有明天的公开课，因为我打算在语文科组内展示一下我们班的特色教学——小老师上课，所以前期有很多准备工作，下周还有韶关学院的见习生来听课，连轴转让我没有一秒喘息的机会，很久没试过这么累了。

即使很累，也不能停下来。

今天上课的时候，我明显感觉到班里的孩子们很想听我讲讲昨天家长会的事，我翻开课本，说了句：“昨天晚上……”

只见讲台下的孩子们都伸长了脖子，有些女孩开始窃窃私语，心直口快的小甘说了句：“昨晚我爸回家之后……”

“昨天晚上大家都预习课文了吗？”我快速打断了小甘的话。她立即止住了。我就不和你们讲家长会，嘿嘿！确实，家长会是老师与家长的一种沟通交流的方式，没必要向你们这些小孩汇报！

明天的公开课安排了三位同学上课，学习的是《外国诗歌二首》，小黄和小周各讲一首，最后小丘分析小结。原本安排的是小黄和小丘一人讲一首的，但因为小丘前两天生病请假了，所以安排小周来讲了，小周个性沉稳、能力强，说实话课交给他上我更放心。小丘这家伙，胆子大、爱表现，上台也很淡定，但责任感不够强，而且过于骄傲。这不，今天我专门交代他先想好怎样讲他那部分的内容，然后早上来找我汇报一下，因为我没听过他试讲，他准备得也很不充分。没想到那家伙竟然没有来，而我因为一上午都在上课，下午又外出学习了，所以，至今仍不清楚他打算怎么讲。唉，不省心的孩子！

我对明天的课还是挺有信心的，大伙儿也特别期待在明天的课上大显身手，那就明儿见！

5月11日
星期五　雨转晴

早上公开课，大伙儿都挺精神的。

为了能尽情地展示孩子们的才华，我把整节课完完全全地交给了他们，从上课第一秒，到下课铃响，都由他们安排。

三个小老师，表现都很不错，而且各有各的风格。小黄老师成熟稳重，讲课途中背投屏幕突然黑了，她面不改色，没有一丝慌乱，镇定自若地继续讲课；小周老师充满了激情，讲起课来抑扬顿挫的音调很是吸引人，虽然有个别字发音不太准确，但是瑕不掩瑜；小丘老师今儿特别一本正经，但是上台一开口就有种莫名的喜感，尤其是在板书的时候，无比认真的神情和稚嫩的小学生字体更是逗乐了在场的老师。

台下的同学也很积极配合，虽说比不上在教室里那么热闹、那么放得开，毕竟教室后面那两排老师实在让人无法忽视，但他们仍然积极地举手回答问题，而且答案的质量都很高，每一位站起来回答问题的孩子那自信的眼神都很有感染力，没有回答问题的孩子眼神里也都是满满的专注。

我看着他们，虽然只是背影，却很感动。笔直的小身板、高举的小手，以及无数次的掌声，都让人感动。课前，我听到了很多孩子在小声地议论。

“等下公开课，要多举手哦！”

“嗯！不能丢人！”

“可是不会的问题怎么办？”

“你认真听课就不会回答不出啦！”

…………

他们一直互相鼓励着，满满的正能量，这也很让我感动。

最后评课，绝大部分老师都给了他们好评，还有很多老师表示要在自己的班里尝试着让学生讲课，其实我安排这样的公开课的目的也是如此。我们班的孩子从初一上学期开始，就由小老师来讲每个单元的自读课，大部分同学都尝试过当小老师。我也看着他们从当初的胆怯、紧张，只能勉强讲十分钟的内容，到现在大方得体，能流畅完整地讲一节课。这样的变化是很喜人的，大家学习语文的热情和主动性都很高，学习成绩提高得也很快，所以很值得推广。

一节课下来，发现我看他们的眼神，竟然像见到偶像的粉丝的眼神！噢不！我我我……我是“女王”！

5月14日
星期一　晴

夏天！简直就是夏天！在烈日下跑了个操，浑身湿透了。衣服上的汗渍还没干，就上课了。

“老师，这样的天气怎么上课啊？”

“就是，热死了，我觉得应该在教室里装个空调！”

“对对对！强烈要求装空调！”

“大不了我们自己出钱，每人出50块钱就够了！”

“就是啊！我们愿意出钱！”

“我们要向学校提出申请！买空调！”

“实在不行买台冰箱也可以！”

“冰箱好冰箱好！里面装满冰可乐，体育课下课每人一瓶！”

“哇！好爽啊！”

…………

孩子们热烈地讨论了5分钟！我几次想插话，竟然没插进去！几乎有三分之二的学生都激动地参与讨论，另外三分之一则饶有趣味地看着他们讨论，不时还露出赞许的微笑。

终于有人发现我神色有点不对了，声音渐渐小了，然后没了……

“你们讨论了5分钟的空调和冰箱，有没有感觉凉快了许多？”我问。

“没有！更热了！”声音倒是既整齐又洪亮。

“那我告诉你们一个让你们更凉快的消息吧。”我顿了顿，大家都屏气凝神。“今天我给你们布置50分钟的作业，一来弥补一下刚才被你们耗去的5分钟，二来浇灭你们心中的似火激情，这样你们就可以凉凉地上课了。”

“啊？别逗了！”前排几个家伙一脸惊讶。

“没逗！不够心凉我再给加点？”我倒也不生气，调侃道。

“不不不！够了够了，很凉很凉……”

“我经常说，上课你们可以活跃，我喜欢你们跟着我的思路一起发表你们的见解，让我始终感受到热烈的讨论氛围，但是必须要收放自如，而不是一盘散沙。所以，今天要有一点小惩罚。再说，全中国的孩子都这样上课呢，现在还只是初夏，你们就这么受不了了，那下个月呢？下下个月呢？老师还要站着讲课呢！嗯！该罚！”

最后，以抄古文和翻译作为今天的作业结束讲课。

5月15日
星期二　晴

因为周四班主任要外出学习，原定的公开课要取消了，这对于这段时间里一直连轴转、没有一秒歇息时间的我来说，是个喜讯，但当我把这个消息告诉孩子们时，一片哀号。

“为什么？为什么要取消我们的公开课？”前排的小雷一脸失望。

“因为，”我不想太早透露要去学习的事情，“周四我们年级要统一进行第四单元测验。”

“可以今天先用一节课测一半，然后明天再发作文下来给我们写，这样就不用占用公开课的时间啦！”不知从哪儿冒出的一个女声。

“对啊对啊，英语也是这样测验的！”

“你们不是刚考完英语吗？怎么，还想接着考语文吗？”我真佩服他们。

“没问题！只要能上公开课！”

“你们……真有那么喜欢上公开课吗？”我都有点于心不忍了。

“是啊是啊，上公开课比较重要，还是先别考试了吧！”

“这次的测验已经安排好了，公开课也已经取消了，”我也挺无奈的，“但是，以后我们还会有很多机会的啊！只要大家平常表现好点，以后每个科任老师要上公开课的时候，都会首先考虑我们班的。”

看我说话语气坚定，他们也没再争辩什么，但我明显感受到他们脸上的神色黯淡了下来。相信我吧，以后有的是机会！

5月21日
星期一　晴

我外出学习了几天，回到学校，一切如故。

班会课上公布了我的一个奇思妙想。

“从下周开始，每周三下午第七节的文体活动课，我打算把它好好利用起来。”我很淡定地说。

“啊？什么？怎么利用啊？”

“是不是给我们自由活动啊？”

“让我们写作业也可以啊！”

…………

“我们班有些同学是有特长的，比如唱歌、演奏乐器、画画，我想邀请这些同学当一回小老师，开办一些小兴趣班，有兴趣的同学可以报名参加。即使没有突出的特长，有些组织能力很强的同学，可以主办一些故事会、心灵小驿站之类的主题活动，有这方面兴趣或者困扰的同学，也可以加入。”我说完之后，下面竟然很安静，大家睁大眼睛看着我，看样子没完全理解我的意思。

“就是说，我希望有几位同学来开办几个兴趣班，是与学习没有直接关系的，然后大家利用每周三下午的第七节课去参加这些兴趣班，听听小老师给你们上课，或者大家一起交流。”我已经尽量把这件事说得通俗易懂了。

“兴趣班？听起来好好玩啊！”

“老师，可不可以开个象棋班，大家一起切磋切磋？”

“如果有心灵驿站，我也想咨询一下！”

“故事会很好哦，我可是故事大王啊，哈哈哈……”

大家讨论得兴致盎然的。嗯，挺好，是我想要的效果。

学校的课余活动不多，而这群精力旺盛的孩子总闲得发慌，不加以引导，让他们自己去找事做的话，十有八九会惹麻烦。所以我总是想尽一切办法让他们有点事做，而且必须是每个人都有事做，比如之前四人小组一起承办班报的一页内容、四人小组负责出一期黑板报等，效果都特别好。孩子们有事做了，班级的凝聚力和团队精神也增强了，棒棒的！

5月22日 星期二 晴

一进教室，看到满地斑斓。原来是粉笔的痕迹，我皱了皱眉。

“老师，是小胖扔的！”快嘴小雷反应还真够快的。

“是啊，他昨天打架，抓起一盒粉笔就甩出去，仙女散花一样！”

“就是就是，我也看到了！”

“小胖老是打架，最近和好几个人打架了！”

“小胖说话老是像骂人一样，对每个人都很凶！”

“小胖打架老是乱抓人家一通，然后打不过别人撒腿就跑！”

…………

一石激起千层浪，小胖突然成了“公敌”。

我望了望小胖，他低着头，双手放在桌上不停地搓着，不时偷瞟我几眼。我又看了看地面，五颜六色的，看样子不好清理。

“小胖，你下课负责把地面的痕迹清理干净，下午上课时我可不要再看到这个样子。”我盯着小胖说。

“嗯。”他点了点头，没看我。

“下课来我办公室。”我看着他小声说。

他点了点头，没吭声。

下课了，我刚回到办公室坐下，这孩子就站在了我身边。

“最近老是打架是怎么回事？”我开门见山地问。

“太冲动。”他那胖嘟嘟的圆脸蛋真让人气不起来。

“那以后呢？”

“不冲动，不打架了。”

“好！以后说话注意点，别太冲，大家都是同学，打完架再见面不尴尬吗？”

“尴尬。”

“道理你都懂，我就不多说了，看行动咯！”

“好！”

“别让我失望啊，否则你会失去我对你的信任的。”

“好！”

课间5分钟的谈话，快刀斩乱麻，希望能解决问题。

5月23日
星期三　晴

下午有班干部反映，小雷和小潘在书法课上下象棋，书法老师制止他们，小潘就顶撞老师，并把象棋狠狠地摔在讲台上，然后擅自离开教室。

我把小潘和小雷叫来了办公室，他俩轻车熟路地走到我的办公桌旁站着。唉，每天都要被请来几次，能不熟悉吗？

“说说怎么回事吧。”说实话，我对他俩的耐心已经快耗尽。

“就是上书法课的时候，我和小潘下象棋，老师不让，但小潘还想下完这盘，就和老师吵了起来。”小雷抢先说道。

“然后呢？”我望着小潘，他却把头扭向了一边。

“然后他就把象棋摔在讲台上，出去了。”仍是小雷在说。

“去哪儿了？”我望着小潘。这个问题小雷回答不了了。

“我……去厕所，换了件衣服。”小潘神色不太自然地说。

我教育了小雷两句，就打发他走了。早上我才单独和小雷谈了好一阵子，应该问题不大。

“这事，你打算怎么处理？”我望着小潘。

“不知道。”

“这件事，你觉得自己有做得对的地方吗？”

“……”

“小潘，你胆子越来越大了，之前还是和同学打架，现在都会顶撞老师了……”我很严肃地说。

“……”

“我说说我的看法吧。这件事，和老师争执，肯定是你不对！老师阻止你上课下象棋，有错吗？”

“没有。”

“那你有什么理由和老师吵呢？是什么让你这么理直气壮？即使你有道理，也应该和老师好好说，何况完全是你理亏。老师制止你是对的，你却是这样的态度，你现在冷静了，想想自己做得对不对？”

“不对。”

“那该怎么办？”

“向老师道歉。”

“好！”

我立马带着他，来到书法老师的身边。

“老师，对不起，我刚才不应该用那样的态度顶撞您，我以后……”小潘态度还算诚恳。

“没事没事，上课可不能玩象棋啊，老师也只是制止你，并没有对你说什么过激的言语。但是你太冲动了，知道错就好了，老师原谅你。”书法老师相当谦和。

“老师，对不起。”小潘向老师鞠了个躬。

这件事我的处理方式和之前有点不同，全程我都很严肃，板着脸没有一丝微笑。因为我要让他明白，对老师应该尊重，不得无理。玩的时候可以随意一点，该严肃的时候必须严肃，人长大了，就该懂得分寸。孩子不懂，老师和家长都有责任教会他们。

5月24日 星期四 晴

今天带了“哈利·波特糖”去上课。连堂语文课，不做点有趣的事情，别说孩子们，我都嫌闷得慌。

这种糖很好玩，每种颜色有两个口味：一种正常口味，如桃子味、薄荷味、百香果味之类的；一种整蛊口味，包括臭鸡蛋味、鼻屎味、臭袜子味、臭鼬的屁味等，听着就让人想吐。当然，这些整蛊口味的糖还是有一层薄薄的糖衣，入口时甜甜的，一嚼……那种感觉，真是谁嚼谁知道啊！

孩子们的好奇心超过了他们对未知事物的恐惧，即使要背对了古诗才能奖励一颗味道有可能很奇怪的糖果，讲台下的他们还是非常踊跃地举手背古诗。

我先叫了小郑，她流畅地把古诗背完，就忐忑地走上了讲台领奖。我给了她一颗绿色的糖果，笑着对她说："梨味。"我才不会告诉她还有可能是臭袜子味呢，哈哈！

她半信半疑地接过糖，先在手中摆弄片刻，然后小心翼翼放入嘴中，笑容僵了，轻皱着眉，用力一嚼，神情有些怪异。"甜的！"她轻呼一声，眉头舒展，笑容重回脸上。

"老师，我来！"

"我也想吃糖！老师，我会背！"

"我也会……"

他们表现出从没有过的踊跃，这群孩子的好奇心真的好重，每个人都想尝尝这种奇怪的糖果。我仿佛就是那个拥有魔法的仙女，手持糖果，挥洒出一片星光，哈哈哈……

"老师，快点啊！"

美梦被这些迫不及待的家伙打断了。我看到坐在后排的小易也不时地把手举起来，看样子既想尝试又有点纠结。他是个内敛的孩子，趁着他在犹豫之后又把手举起来的那一瞬间，我点了他的名字，他爽快地把古诗背完，就走上讲台来领糖了。

"是百香果味！"同样，我也不会告诉他有可能是鼻屎味。

他有点害羞地接过糖果，放入口中，毫不迟疑地就嚼了起来。

"好吃吗？"我问道，大家也屏息凝神等待他的回答。

"不错，酸酸甜甜的！"

运气都挺不错嘛。

"老师，让我试试吧！"小雷喊道。

我点头同意，他也把古诗背得滚瓜烂熟了，高高兴兴地跑上讲台，把手摊在我面前。

“给你，好吃的玉米味！”

他很潇洒地接过去，轻轻抛进嘴里，用力嚼着。

“啊！什么味道？好臭啊，一股酸臭味……”他跳了起来，从第一排跑到了教室最后面，一副手足无措的样子逗乐了全班同学，哈哈哈……

“噢，你运气不大好哦，可能是呕吐物味吧……”我故作无奈地说，大伙都笑翻了。

孩子们笑着、吃着糖、背着古诗，一节课愉快地过去了……

5月25日 星期五 晴

下周五是六一儿童节，这也是这群孩子们人生当中的最后一个儿童节了，所以我决定……

“儿童节快到了……”

“老师，是不是要放假啦？”

“下周五不用上课了吧？”

“太好了太好了！”

孩子们生生地把我的话打断了，然后自由发挥想象，这是他们的强项。

“中学可不放儿童节假的哦！”我一句话让他们的美梦破灭了，“而且，这将是你们过的最后一个儿童节了。”

“啊……以后不能过了吗？”

“可人家还是宝宝……”

放眼望去，每个人都很沮丧。

“今年‘六一’之后，你们就正式成为青少年，不再是儿童了！”我这句话再次刺激了他们，个个都是一脸的无奈和不情愿。

“为了好好纪念一下最后一个儿童节，我决定六月一日下午，在我们教室里，举办一个‘大食会’！”

“哇！‘大食会’，听起来很不错哦！”

“有很多好吃的吧？好想大吃一顿哦！”

“能不能买辣条，还有棒棒糖……”

“别兴奋，先听我讲讲要求！”我的脑袋都被他们吵晕了，“我希望你们能自己做些好吃的，然后带过来跟大家一起分享！”

“自己做啊？可我好像不大会……”

“我会做可乐鸡翅！”

“西红柿炒鸡蛋是我的拿手菜！”

“那我就抱个大西瓜过来吧！”

我抬起双手做了个往下压的动作，示意他们安静，说：

“如果你们没有下过厨，可以叫你们的爸爸妈妈协助你们。每位同学准备一样食物吧，带过来跟大家一起分享品尝！”

我话音刚落，大家又开始热烈地讨论着自己准备做些啥了。

“好了！”我大声喊了一句，“开始上课！”

想起刚才办公室同事说的一句话：“这是‘吃货’老师和一群‘小吃货’庆祝节日的方式。”哈哈哈，说得对极了！

5月28日
星期一　晴，有阵雨

今天一早班会课，我就公布了一项新措施——班级量化考核。每人基础分100分，然后根据相对应的项目来加分、扣分。每月一结，高分者有奖励，低于基础分者有惩罚。

之所以制定了一套极细的量化考核标准，是因为我觉得孩子还是孩子，虽然很多事情他们能分辨对错，知道应该怎么做，可仍然因为种种原因不能落到实际行动中去。所以，我把考核规则制定得很细，而且每个项目的责任都落实到个人，不仅可以调动大家的积极性，而且还能使考核更公平、更细致。当然，最主要的是可以正班风、严班纪，还可以让大伙儿有事可做。

班里的黑板报评比仍在如火如荼地进行着，我惊喜地发现，黑板报办得越来越好了，四人小组，四个孩子，办的黑板报质量如此之高，真是棒棒的！看来之前只是没有机会让他们发挥罢了，这些孩子们的潜力真的是无穷大啊！

今天陆续有同学来我这里报了周三下午活动课的兴趣班，除了之前小刘报的绘画班之外，新增了小郑和小黄组织的书影交流会、小华组织的篮球班、小陈摆的象棋擂台和小周开办的奔跑班，估计明天还有同学会有新想法。不错，班级活动挺丰富的，希望周三能达到较好的效果，满怀期待！

5月29日
星期二　晴

大家对周五下午的“大食会”和游园活动都无比期待，以至于我不能提到这件事，甚至不能提起周五，一提全班就兴奋起来了，一个个笑得合不拢嘴，讨论起来滔滔不绝，场面近乎失控。

小孩不都这样吗？想当年我上学的时候，学校或是班里若是有什么活动，也是能兴奋好几天的，和同学茶余饭后讨论的都是与活动相关的话题。真羡慕现在这些孩子，有个那么会“搞事情”的班主任，让他们一刻也不闲着，每天都充实而快乐。哈哈哈，我太自信了！

就因为他们一个劲儿地说，弄得我都很期待了。好吧，“吃货”老师带出来的“小吃货”学生，我认了！

5月30日 星期三 晴

下午第三节文体活动课终于到了。我从办公室走向教室，心里有点小激动，也有点忐忑。教室里会是一番怎样的

景象呢？

“来来来，我都摆好了，谁来‘杀’一盘？”一个充满自信的声音传到了走廊。

“我来我来！”

一进教室，就看到象棋擂主小陈和前来挑战的小雷神色凝重地盯着棋盘，很少看到他们这般严肃认真的神情呢！

我偷偷过去拍了张照片，小雷发现了我，却没像往常那样嬉皮笑脸地和我说话，看了一眼，又面无表情地盯着棋盘了。

一旁的绘画班正热火朝天地进行大讨论。组长小刘是个画画小能手，所以对绘画班的组织投入了很大的热情和精力，准备了一大沓画稿；组员是几个安静的女生，对绘画有着极大的热情。

书影交流会的成员是4个可爱的小女生，虽然话不是特别多，但坐成一圈感觉很是和谐。

教室里大约有20人，于是，我又来到了操场。

篮球场上，小华、小邱他们几个男生正展示着他们的球技，一旁的小张和小黄老实地做观众，安静地在球架下观赛。

“小华，你们可不能只顾自己打球啊，得教教女生怎么打啊！”我替她们打抱不平。

“哎呀，她们都不会的啊！”小华伸手又投进了一个3分球，看都没看我一眼。

“就是不会才要来你的篮球班学习啊！”我提醒着他。

“好好好！来吧，我教你们运球！”小华朝着一旁的两个女生喊了一句。

离开球场，我又来到了跑道上，奔跑班的孩子们很是热情地向我挥手。我朝着他们那边走去，提出要帮他们拍张照，大伙儿很大方地摆好了姿势等着我，我喜欢这群落落大方的孩子。拍完照，小老师小周就开始安排大家继续训练接力跑了。气温超过30℃，大伙儿很卖力，跑得大汗淋漓，也酣畅淋漓。

我巡视了一圈，对大家很满意，对这样的文体活动课也很满意。不过，明天还是得问问孩子们是否满意。

5月31日
星期四　晴转雷雨

5月的最后一天，天气很不稳定，早上闷热得让人几乎要窒息，到了下午下了一场闷闷的雷雨。雨势不大，雷却一直响着，而且是那种闷雷，听着很压抑。

今天四节课连堂考试，没空问孩子们对昨天文体活动课的看法，明天下午又举办“六一”活动，看来得到下周看周记才能了解了。还好现在这些孩子开始在周记里跟我无话不谈了，而且他们根本藏不住事，眼见的、耳听的，只要有感就必发，挺好的，这是对我的信任，也是一种情感的宣泄，我挺喜欢这种交流方式的。

孩子们都很期待明天下午班里的“大食会”和学校举办的游园活动，我也一样。此时，我也要变身“宝宝”，和孩子们共同期待明天的“大食会”和游园活动！

第十辑

六月炎夏　鸟语蝉鸣

6月1日
星期五　阴

终于迎来了孩子们人生中最后一个六一儿童节，我很庆幸自己有机会见证、参与，并乐得跟个孩子似的。

下午我一进教室，就看到孩子们围坐在一起，桌子上摆满了吃的、喝的，那场面壮观得连我这个“吃货”都惊呆了……酸辣鸡爪、凉拌海带丝、麻辣青瓜、炸鸡翅、薯条、蛋糕、花卷、卤鸡翅、卤鹌鹑蛋、水果沙拉……还有各种其他水果、饮料和零食，简直让人目瞪口呆。我强忍住飞奔过去大快朵颐的冲动，把话筒交给了主持人——小甘和小郑，我坐到了后排，准备当好摄影师。

表演开始了，挺热闹的，这些小演员可是花了不少时间和精力排练的。我一边摄像一边盯着对面那一大盒水果沙拉，咽了咽口水，终于还是忍不住走过去把那盒水果沙拉端了过来，一边吃一边摄像，大伙看我吃着，笑得更欢乐了。

看着大伙在看表演时还不时望向那一桌子的美食，我示意主持人招呼大家在表演空隙一起吃东西。主持人一声令下，大伙如脱缰野马奔向了讲台前摆着的一排由孩子们和家长一同制作的美食，然后开心地选着自己爱吃的东西下手，果然大伙儿一起抢着吃会更有胃口！

我在一旁替他们拍着照片和录着视频，班长小黄请我站在教室的中间。我感到有点莫名其妙，不过还是配合她站在指定位置，然后小黄打开了电脑，播放歌曲《稻香》，叫全班同学围着我一起唱歌，大伙唱得很卖力，我被歌声和笑脸包围着，感觉很幸福……突然，传来了惊呼声，只见小黄捧着一个大大的双层蛋糕向我走来，全班一起欢呼，我也忍不住瞪大了眼睛惊呼起来，“哇！好大好漂亮的蛋糕！还有凯蒂猫！”歌声越来越响，蛋糕已捧到了我的面前，我简直太惊喜了，面前的孩子们一个劲儿地问我：“老师您幸福吗？老师您惊喜吗？”

那一刻，我觉得之前所有的辛苦、委屈和疲惫，全部烟消云散了，此刻只有幸福和感动，所有的孩子都围着我，很暖心。这个场景，似曾相识。多年前，我带的一个班，初一升初

二的时候不知从哪里听来的传言，以为我不继续做他们的班主任了。当时班里十几个孩子，在暑假前最后一天，把我从办公室拉到了教室，我看到一个漂亮的紫色蛋糕放在讲台上，蛋糕上有几个催人泪下的字——“爱我别走”，然后大伙儿一起唱起了这首《爱我别走》，当时我也感动得一塌糊涂，强忍住眼泪不往下流。

而此刻，我没有想哭的冲动，身边几个孩子有点失望了。

“老师，您怎么都不哭呢？您不感动吗？”

“感动啊，可是我为什么要哭呢？我不是应该笑吗？”

虽然我没有落泪，但是我的心里感到很温暖，是付出之后收到回报的温暖。

很高兴能有这样的机会，让我与你们一起度过你们人生中最后一个六一儿童节，这也是我人生中很难忘的一个儿童节，谢谢你们！我爱你们！

6月4日
星期一　多云转晴
晚上有雷雨

今天上课学《伟大的悲剧》这篇课文，里面有一句话：“取得了第一，就拥有了全世界；如果得了第二，那就什么也不是。”这是很悲壮、很无奈，我不认可却又无法反驳的一句话。

奥运会上，金牌获得者脸上洋溢着幸福喜悦的笑容，身上披着炫目的国旗在赛场上忘我奔跑，全场把最热烈的掌声和欢呼声送给了他，镁光灯聚焦于一身，仿佛浑身都发着光。他的名字从此载入史册，世人也都牢牢地记住了他。而银牌和铜牌得主的付出和汗水不会比冠军少，但是，领奖台上的光环却更多地照在了冠军身上，照在了那枚金灿灿的奖牌上。

自古以来的考试也一样，状元天下皆知，榜眼和探花却少有人关注……这算是哪门子的事？我既当不了第一，甚至第二、第三也做不了，充其量只是个无聊的看客，但我心里还是为他们鸣不平的。第一名可以拥有很多很多，但第二名、第三名不能什么都不是啊。

6月5日
星期二　阴雨

“上课之前，我先讲几件事。”我话音刚落，孩子们的腰杆立马挺直了，瞪得圆圆的眼睛看着我。就知道这群小家伙爱听这些胜于讲课。

“明天下午有个书法比赛……”

“我去！我的字漂亮，肯定得奖！”小华打断了我的话，还把手举得高高的。

“就你哦，写的字这么潦草，老师都看不懂！”旁边的女生很不屑地瞟了他一眼。

“好了好了，不需要毛遂自荐，书法老师已经选好人了，名单在这里……”我读完去参赛的学生名单，看看讲台下，听到自己名字的孩子格外自豪，没有“上榜”的就无比羡慕地看着那些“金榜题名”的孩子。挺好的，追求上进嘛。

“这次没机会参加不要紧，大家平常多练练字，肯定会越写越好的！”我安慰他们，“还有一件事，下周三的下午，我们将在班里举办端午节包粽子的活动！”

“啊！太好啦！包粽子了耶！”

“我最喜欢吃粽子啦！”

“我还没包过粽子呢！好期待啊！”

一提到有活动，这些孩子又兴奋得不能自持了。

“这次活动是一次亲子活动，所以还要邀请你们的爸爸妈妈一起来参加。”

“啊？那还是算了吧。”

“我爸妈也不会来的。”

“星期三爸妈要上班啊。”

“咦？老师，您不是我们的‘亲妈’吗？那我们一起包粽子不就是亲子活动了吗？”

“对哦对哦，我们一起包！”

……

嗯，我无语了。

6月6日
星期三　多云有阵雨

下午第二节课下课后，我去教室溜达一圈。刚到教室门口，就感觉气氛有点怪，站在走廊的几个孩子一见到我就大喊了起来。

“老师，我真心疼您啊！”

“老师，您好可怜啊！”

我一头雾水，这是咋了……

“老师，别的老师都有以前的学生来看他们，就只有您没有啊！您真可怜啊！”

“没事，老师，我们看您，我们都看着您！”

“放心吧，老师！过两年我们会回来看您的！”

原来他们说的是这事，我笑了。这几天很多高中因为要做高考考场，学校都停课了，于是很多毕业了的孩子就回学校来探望初中的班主任，有几个班主任还被好多学生围了个水泄不通。因为我之前一直教初三，和每届学生都只有一年的感情，更重要的是没有做班主任，所以自然和学生的关系就没有那么亲近。我倒是觉得无所谓，不过看他们这么安慰我，觉得自己好像受了点委屈。

其实也并不是没有学生来看我，早上来了一群，下午因为校长和门卫说了不让已经毕业的学生在上课时间回校探望老师，怕他们影响课堂，所以我来的时候就看到一群学生在门口可怜巴巴地望着里面，我还和他们寒暄了几句。大概是因为孩子们每次去办公室都看到我周围没有围着一群人，就觉得我会很难过很失落吧，所以一个劲儿地安慰我。

想当年，我身边那可是一群接一群地围个水泄不通啊……所以，做班主任虽然辛苦，但还是有幸福、欣慰的时候。

“老师，刚才教室来了两个毕业了的学生，我赶紧问他们是不是来找叶老师的，结果他们说不是，他们是来找许老师的！”小雷在一旁似乎很着急，俨然一副想不通的模样。

哈哈，两年后，走着瞧！

6月7日
星期四　雨

我真的是一个“不消停”的班主任，点子咋就这么多呢？

“上次儿童节的‘大食会’，让我受到了启发，我觉得这种活动一年一次真的不够！”我抛了块“砖”。

“对啊对啊！那次太开心了！”

“我还没吃够呢！”

“我们干脆每周来一次‘大食会’吧！”

果不其然，引来了一堆“玉”。

“每周一次是不可能的啦！”我发话了，“但我打算每月一次！”

“耶！”一片欢呼。

“我们每个月举办一次生日会，让这个月过生日的同学一起过！”我把我的“诡计”说了出来。

“好啊好啊！集体生日会，想想都好玩！”

“关键是还有很多好吃的呢，哈哈哈哈！”

“哎呀，我的生日刚过啊！老师您怎么不早说啊！”

“老师，买生日礼物不是要花很多钱吗？”

…………

我被这些孩子吵得都有点晕了，这些家伙真的一提到玩和吃就失控了，哎呀，简直就是我的翻版。

“生日会一个月一次，错过了今年的生日不是还有明年吗？至于生日礼物，我们不需要送什么很贵重的，关键是要有一份心思啊！比如买一个本子，全班每人写上一句祝福的话，这就是很珍贵的礼物啊！”我说道。

“嗯嗯！”大伙儿很赞同。

“那么新问题来了！”我故弄玄虚，果然引来了他们的好奇心，“我现在需要招募第一届生日会的策划者！由策划者负责策划安排6月份的生日会！”活动一场接一场，我都服了我自己！

“我来我来！”台下几个积极的孩子举起了手。

“找时间来我这里报个名啊，择优录用哦！”

遇上我这么个班主任，他们究竟是幸运还是不幸运呢？

6月8日 星期五 大雨

天仿佛破了个窟窿，雨一直不停地下……

下午第二节课是我的课，上课之前班长小黄颇为严肃地找到我。

“老师，您等一会儿必须要说一个问题！”

“哦？”

“刚才历史课，纪律非常糟糕！几乎所有人都在吵闹，而且我们几个班干部都管不了他们。”

“好！”

小黄很少对我说这样的话，看来情况应该是比较严重了。

踏着铃声，我走进了教室。

“刚才历史课，你们觉得上得怎样？”我没有一丝笑容。

“好——吵！”小华扯着嗓子喊道。

“觉得自己刚才那节课表现不太好的同学，举个手。”话音刚落，齐刷刷一大片举起了手。

举手的人当中，有副班长、纪律委员、科代表、学习尖子生，还有很文静的女生……可想而知刚才那节课的纪律有多差……

我看着这一大片举着的手，在心中深深地叹了一口气，却没法开口大声训斥他们。也许是我这“意料之外”的沉默让他们感到了一些不寻常，他们脸上的紧张和不知所措也越发明显了。

我极力让自己冷静下来，用平静的语气向他们重新强调纪律的重要性。希望这一字一句，真的能引导他们反思并改正吧。

6月11日
星期一　晴

市里组织的学生心理剧比赛，学校打算选人参加，由我和温老师一起负责。说起话剧的排演，也算是我的老本行了。想当年我大学刚毕业，在艺校教书的时候，就排演过多幕戏剧，代表作品是曹禺先生的《雷雨》。那剧情可是相当精彩的，加上艺校的学生个个都会演戏，当然，最主要的是还有我这个优秀的导演，所以效果不错……哈哈哈，一下没忍住又自夸了。

这次的心理剧编排，从写剧本到演员挑选再到最后排演，每一项都是挑战，尤其是我和温老师还有班主任重任在身，都能预想到要付出多少。不过，我还是乐意去尝试的，因为我自己对这件事也充满了兴趣和热情。

这次的演员，主要在我们年级挑选，由班主任推荐，然后我和温老师进行挑选。我们班也挑选了几个孩子来面试，在一群孩子中，我发现我们班那几个家伙特别大方，一脸期待，对戏剧的排演饶有兴致的样子。而别班的几位女生，莫名其妙地被班主任叫来了之后，站在一边扭扭捏捏，一万个不情愿的样子。或许就像亲妈看自己的孩子一样吧，我还是觉得自己班的孩子更出色。

最后选拔的结果，我们班的几位同学表现都挺不错，有个女孩在试镜过程中特别投入，还痛哭流涕。这演技，真该颁个奥斯卡小金人给她。

所有人都试演了一小段之后，我和温老师的意见基本已经达成一致，心目中都已有了合适的人选，就打发孩子们回去等明天的通知了。别班的那几个不情愿的女孩，得知自己没有入选之后，都一脸的轻松，嘴里还嚷着：“太好了！没有选我去演！”而我们班的几个女孩却围了过来。

“老师，我演得怎样？”小黄一脸期待。

“你平时挺泼辣的一个人，怎么一演戏就成了‘鹌鹑’了？”我笑着问她，确实，小黄还真没发挥出她的正常水平，可能放得不够开吧。

“老师，您就再给我一次机会吧，我一定能做得很好的！”看她一脸的诚恳，应该是很想争取到一个演出的机会。

这样的孩子我是很欣赏的，阳光、上进、目标明确、有追求、肯付出，有这样的执着，相信不会演不好的。

“你真的很想演吗？”我朝她一笑，“明天来找我。”

“哦？是不是我可以演了？”她很惊喜的样子。

“嘿嘿！”我笑完就走了，小家伙，我就不告诉你！

6月12日
星期二　雨

龙舟水来了！又是连连阴雨天气，虽说雨给炎炎夏日带来了一丝清凉，但这雨下得让人有点郁闷。

昨天在班里讲了周三端午节包粽子亲子活动的具体安排，我说需要两名主持人，大家反应挺热烈的。一下课，我刚到办公室还没坐下，小雷和小陈就兴冲冲地跑到我面前。

“老师，我们报名！我们想当主持人！”小雷的嗓门大，喊得整个办公室的老师都望向我这边，大概是以为我跟学生发生了什么争执吧，实在是有点尴尬。

“没问题！”我很爽快地答应了。对于这种毛遂自荐的学生，如果本身能力还不错，老师没有任何拒绝的理由。

“老师老师，我们来了，我和小甘想做周三活动的主持人！”小黄和小甘人没到，声音先传了过来，这俩孩子也是大嗓门，你说你们的老师我那么斯文，你们咋就不学着点呢？整天咋咋呼呼的。

我望着她们笑了笑，一旁的小雷和小陈则是满脸胜人一筹的自豪感。

“不好意思，你们来晚了，主持人已‘花落某家’了。”扬扬得意的那俩人，和这两名慢了一点点的无比失落的“失败者”形成了鲜明的对比，有人欢喜有人愁，竞争就是如此激烈。

“没事，要不这个月的生日会由你们来主持？”我安抚她们道。

“好啊好啊！老师您放心，我们肯定能主持得棒棒的！”小黄拍着胸脯保证。

今天下午我一回到学校，就看到小雷和小陈两人在很认真地做着PPT，他们对这次的主持很上心，提出要制作PPT使整个活动流程更顺畅，我也支持他们。当然，除了精神上的支持，还有技术上的支持，毕竟他们是第一次制作PPT，这两孩子的速度也挺快，一节自习课的功夫就把PPT做好了。

不得不说的是，这次端午节亲子活动必须要邀请家长参加，别班的老师都在头痛没有几个家长愿意抽空来参加这次亲子活动，而我们班的家长早已在微信群里接龙报名了，目前已有近30位家长明确要来参加活动，家长们和孩子们一样给力！我在微信群里也对家长们说了，孩子们已经上初一了，以后来学校和他们一起参加亲子活动的机会少之又少了，所以家长们都和我一样，格外珍惜这次机会。

我越来越期待这次活动了。哈哈，睡觉了，明天见咯！

6月13日
星期三　雨转多云

令人激动的端午节亲子活动如期举行。

从下午4点钟开始，就有家长陆续来到学校，大锅小箱、大包小袋地往教室里送东西。除了包粽子的食材和工具外，还有家长们自制的各种美味佳肴。这些可都是参赛作品哦，我们要进行一次美食评比，由家长和孩子们共同担任评委，评选出大家喜爱的美食。家长们都很用心，看得出这些美食都是他们花了很多心思精心制作的。

本来这次端午活动的主题是包粽子，但是硬生生被我们又过成了“吃货节”。真是一群大小“吃货”啊！好些孩子一直坚守在摆放美食的桌子前，从头到尾吃了个遍。那个场面啊，简直让许多家长都觉得特别好笑。

开始包粽子了，在两位奶奶的带领下，其他家长和孩

子们都一展拳脚。我是个门外汉，第一次包粽子，在小雷妈妈的指导和协助下，竟然也包好了一个。于是自信满满地又拿了两片粽子叶，准备亲手再包一个。我先是卷好叶子，然后舀了一勺米和豆子放进叶卷，接着挑了五花肉、一些花生和香菇放在米上，最后把叶子包裹成多角形，可是发现形状特别难看。于是拆开重来，费了九牛二虎之力终于把形状调整得比较顺眼了，却又发现有一个角竟然漏米……拆开，重做，再拆开，再重做，我也是无语了，对着这个被我“折磨”得不像粽子的粽子，内心确实十分内疚。这时，一双手接过了我这个“不像样”的粽子，原来是小李的奶奶。“你看，这里折过来，一卷，捏紧，一绕，好，绑上绳子，可以了！”

神了！被我摆弄了半天的不成粽形的家伙，被奶奶捣鼓几下就变成了一个漂亮的粽子了。我不由得竖起了大拇指——高手在民间啊！我还是老老实实去给孩子们拍几张照吧。

包完粽子，孩子们也把所有美食“消灭”干净了，活动圆满结束，“吃货”们都表示很快乐、很满意。很多家长都说晚上孩子回家撑得连晚饭都吃不下了，我呢，累得吃了两碗饭，哈哈哈……你们开心就好！

6月14日
星期四　阴

今天我提早出了门，7点15分就到了学校，因为要和孩子们共进早餐。

来到教室，讲台上放了几大袋子的粽子，正是昨天包的粽子，被几个家长分着拿回家煮好，今天由孩子们带了来。飘来的一阵荷叶的清香，让我觉得肚子还真有点饿了……

两个粽子和一瓶奶，是我们今天的早餐。开始吃之前，我郑重其事地对孩子们说，这可能是我们唯一一次大家一起在教室里吃早餐，可得好好珍惜哦！说罢，我自己都觉得有满满的仪式感。当然，拍照留念必不可少啦！

这样的机会确实不多，之前我带了那么多届学生，印象中好像并没有师生共进早餐的经历，这样的活动真的挺好的。昨天下午活动结束后，好几个班主任都累瘫在办公室。确实，组织一次活动，既需要动脑筋计划，也需要体力去布置、安排，作为班主任，劳心劳力，一马当先。每次活动结束后，班主任们回到办公室，瘫在椅子上，都累得不想说话，口干舌燥、腰酸背痛、两腿发软……唉，这种活动，真的谁办谁知道。

不过，我个人认为，多举办这种活动，对增强班级的团结力、凝聚力、向心力都是很有帮助的，孩子们很喜爱这种形式的活动，尤其是我们班的这群贪玩的孩子，更是无比热衷。我虽然也怕累，但也慢慢地乐此不疲，活动形式多样、层出不穷。说实话，我都有点妒忌这些孩子了，怎么就能碰到这么好的班主任啊？真幸福，哈哈哈！

6月15日
星期五　多云

终于熬到了周末，这周真的很累，身心俱疲，每天下班的时候都会有一阵子缓不过来，鼻子酸酸地好想大哭一场。唉，谁内心里还不住着个多愁善感的小公主呢！

我并没有因为今天是周五就能轻松一点，反而是累到极致。早上虽然没课，但没有一分钟闲着。班里出了一件事，一个女生偷了别人的手机，虽然她在证据确凿之后还矢口否认，但我还是愿意相信她是一时糊涂起的贪念。不得不承认，老师有时必须充当警察，但更多时候充当的是保姆和心理医生。

本来今天这件事，我至少可以写两千字，但是我不愿意写。一个女生，无论如何我还是希望给她留点面子，希望她能早日成熟吧。

坏情绪会传染，不想写了。

6月19日 星期二 晴

端午节小长假之后回学校上半天课，下午便迎来了中考长假，直到下周一才再回学校上课。学生们倒是挺愉快的，难为我们这些老师还得参加严谨而又枯燥的中考监考，好想哭啊。

早上的一节课，又有糖吃。最近“侦探”小华向我报告了一批上课吃东西的同学，他们每人都请大伙儿吃东西，屡吃屡有，屡有屡吃，人家还要减肥的，天天吃糖受不了啦！

上周端午美食活动说好了要评比，今天我把照片放出来，让大家又回味了一遍，然后全班投票选出大家最爱吃的5样食物。小家伙们记性都还挺好的，一看到图片就触动了味蕾的记忆，没过多久就选好了。

不一会儿，统计结果就出来了，小雷、小黄、小蔡、小赖和小何的妈妈们做的美食最受青睐。妈妈们也是需要夸奖的，于是我写了5封信表彰这些厨艺精湛的妈妈们，并请孩子们替妈妈们领奖。相信家长收到这些信也会高兴的。

高兴的事情说完了，讲讲苦闷的事吧：下午中考监考员培训，明天开始监考了……唉！

6月25日
星期一　多云有雷阵雨

这几天都是强对流天气，老天爷说变脸就变脸。经过几天漫长的中考监考，我发现还是上课有趣得多。孩子们倒是怨声载道，一个劲儿地抱怨作业太多。其实我是有意多布置一些作业的，因为我不想让他们觉得这是放假，确实，这只是因为教室做考场，他们在家自己学习罢了。

下午自习课，我踩着铃声进教室，人不多，一些学生去了学校合唱团参加排练，还有几个调皮鬼则不知所终。我刚走出教室，就碰到了迎面赶来的小雷和小华。一看他俩大汗淋漓的样子，就知道这俩人刚从篮球场跑回来。

“老师，还没响铃呢！我们这不算迟到吧！”小雷的大嗓门听着让我脑仁疼。

“就是就是，那我们不用背书啦！”小华一边附和道，一边往教室里钻。

“先背书，再进去。”我面无表情地说。

迟到背书这项规定从他们一进初中就开始执行了，即凡是迟到的同学，都要先选一篇语文书里要求背诵的古诗或古文来背，背完方能进教室。而且，这次已经背过的古诗或古文，下次不能再背了。执行这项规定后，迟到的人数的确大大减少了，不但在8班，就连3班，学生们一听上语文课，基本都不敢迟到。

“老师，通融一下呗！”小华求情。

“别的都背完了，你们只能背翻译了。”我铁面无私。

“啊……”

“让你们迟到！哼！课间几分钟还要跑下去打球！”我就不心软，这俩家伙是该好好罚一下了。

我叫了纪律委员小甘来监督他们背书，自己先回办公室了。一进办公室，就看到3班的小伍和小李扭扭捏捏地站在我的办公桌旁边，一见我来，还越发地紧张了。

“老师，我们想一起讲课，可以吗？”小伍鼓起勇气对我说。

“可以啊！”我很欣慰，3班终于有孩子主动申请讲课了，是两位成绩不错的女生。我在3班经常鼓励他们来当小老师讲课，但一直没人找我，估计他们还是迈不出这第一步。现在终于有学生来了，真让人感到振奋！

我简单地给她们讲了一下要求，就让她们回去商量着准备了。我很期待她们的讲课呢！

6月26日
星期二　晴

中午仍然要在学校排练，我第一次参加心理剧的比赛，不得不说这是很费神、费事、费劲的苦差，绞尽脑汁地在百忙中抽空写完剧本，然后还要选角排练，中午的休息时间也没有了。唉，心情挺郁闷的。

中午从饭堂打了饭回办公室，准备吃完就开始排练，刚走到办公室门口就看到小雷的妈妈笑眯眯地站在那，“老师，我带了饭菜给您呢！”

我捧着从饭堂打来的饭菜愣了两秒，就被她拉进了办公室。在我的座位旁，她打开一个保温袋，拿出一个漂亮的玻璃饭盒，里面盛满了饭菜，一看就知道很可口。

“老师，您怎么还在饭堂打饭啊，不够营养的，您看我煮了饭菜呢，虽说不一定合您的口味，但营养应该是够的。还有，我还切了一盒西瓜，一会儿吃完饭再吃！”小雷的妈妈很热情地说。

“这……怎么好意思啊，您太客气了，我这都打了饭了，要不还是您吃吧。”我挺感动的。

“我吃过了！这不，反正要给小雷送饭，想着您也没吃，就多装了一盒，别嫌我煮得不好啊！”她笑着说。

“怎么会呢！一看就很不错呢！”我说的是大实话。

“赶紧趁热吃吧，吃不完就把菜吃了，试试我的手艺！”

“好，谢谢啦！”

一份热腾腾的饭菜，驱走了工作的辛劳，温暖了低落的心情，老师和家长的互相体谅与关心都融入其中。

放学走的时候，我又看到了我们班的家长志愿者，顶着炎炎烈日在校门口指挥学生放学。小李的爷爷年纪不轻了，虽然满头大汗但仍坚守在斑马线上，举牌、喊停过往车辆、护送学生走过斑马线……画面很能打动人。

其实，爱和付出都是双向的。对于家长来说，只要老师对自己的孩子好，家长必然会全力支持老师的工作，这些爱和付出，让我很感动。

6月28日
星期四　晴

火辣辣的太阳让每天的大课间都成了折磨。

学校最近狠抓大课间做操的纪律，除了集队速度要快之外，还要清点人数。最近做操，我发现小潘都不在，问同学，都说这家伙躲厕所里了。目前来说，他应该是我们班最让我头痛的孩子了，屡教不改，都让我有点失去信心了。

既然这家伙不爱做操，学校又要狠抓纪律，于是我心生一计。

“从今天开始，我们班要负责九（8）班的包干区卫生。”

“为啥啊？我们自己都有包干区啊！”这群斤斤计较的家伙。

“因为初三的学生已经毕业了，但校园卫生还是要有人负责啊！那么问题来了，谁去负责呢？”我故意问。

台下一片寂静。

“一会儿大课间，集队速度要快，最拖沓的三位同学负责当天九（8）班的包干区卫生。这项工作由小潘负责统计。”我一宣布完毕，一阵哗然。我知道，他们不但因为负责卫生的事而感到吃惊，更惊讶的是我竟然叫小潘负责统计。

其实小潘这个孩子认真做起事来还是挺负责的，我一直很希望能扶持他成为一个好班干部，不过一直没成功。

今天我特地早早来到操场，看见小潘很快就来到了操场，一边清点人数一边留意谁最迟走入队伍。烈日下，他这个样子特别帅气。

6月29日
星期五 晴

下午的课由小甘和小黄来上，俩女孩子准备了很久，对这次的讲课尤其重视。

前半节课由小甘来讲，这孩子很活泼，课堂气氛挺好的；后半节课由小黄来讲，平时咋咋呼呼的她一上讲台就像变了个人似的，感觉情绪很低落。

讲完课还剩了十几分钟，照例进行小结。我先请小甘来谈了谈她上完课之后的感想。

“这节课，我觉得上得挺憋屈的。”小甘一开口就有点激动。“我和小黄其实为了这节课准备了很久，对上课的流程也改了很多次，或许不一定能让大家都满意，不过我们真的很努力了。但是，我觉得我们在讲课的时候，有些同学不太尊重我们，一直在说些有的没的，什么要钱啊收费啊之类的，一个玩笑你们说了一节课，有意思吗？”

“有意思啊！”第一排的小潘小声应了句，我瞟了他一眼，他低下了头。

刚才上课时，小潘、小雷和小华这几个调皮鬼，一直戏谑着要小甘交钱才肯好好配合她上课，还嚷嚷着举手回答问题一次收十块钱什么的。这固然是玩笑，但很不招人待见。

“好，接着我们请小黄来谈谈她上课的感受。”我没有急着小结，把机会让给了小黄。

“我觉得，这节课上得不好。”小黄的眼睛红红的，似乎在强忍着泪水。“讲课过程中，问题也很多……”她有点哽咽。朝着我点了点头，示意讲完了。

“嗯，那请同学们来谈谈听课的感受吧！”我话音刚落，小雷就迫不及待地把手举得高高的了。

“我觉得小甘的课上得还算比较活跃，小黄的课上得就比较沉闷了，自己作为老师，情绪却那么低落，弄得我们都想睡觉了。”小雷说话真挺直接的。“还有，小甘刚才说我们不尊重她，其实我们说要收费只是开玩笑的，但是她呢？她更加不尊重我，你看她叫我回答问题的时候，还说叫全班最丑的男生来回答。”说到这里，全班哄笑。

小黄的同桌小周也举手了，我让他也谈谈。

“首先，我想代表全班没有好好预习的同学向两位小老师道个歉，因为我们对课文不够熟悉，所以课堂上不能好好配合她们。”小周开场的一番话就显得特别懂事。“大家可能都觉得小黄讲得不太好，其实是事出有因的。她准备得很认真，但是今天她那个记录了讲课内容的笔记本忘带了，所以……”

我看到旁边的小黄听着小周的发言，再也忍不住地泪如雨下了。

班长小黄也主动举手说：“我点评一下小甘的课吧，刚才小甘说有同学捣乱，我觉得小甘完全可以不理他们啊，无视他们，他们就不会越来越起劲。”我微笑着看着小黄，颇为认同地点了点头。

轮到我小结了：“小甘和小黄她们精心准备，付出了很多时间和心血，能站在讲台上给我们上一堂课，我觉得她们就已经相当不错了！就小甘讲的尊重的问题，我认为，首先课堂上的确有些同学不尊重讲课的小老师，这是很不应该的。但是，作为老师，也应该有对课堂的掌控能力，老师除了讲课之外，还要懂得如何管理课堂，这也是之后还要讲课的小老师要注意的问题，我觉得刚才班长小黄提出的办法就很值得采纳的。”我停了停，给了几秒钟时间让他们思考一下我的话。

“其次，小周刚才替小黄辩解，说小黄情绪低落并且讲课讲得不太好是因为笔记本忘带了，我认为也是不成立的。小黄为这节课已经准备了几周的时间，为什么还需要笔记本呢？况且作为一名老师，不能因为没有笔记本就情绪低落，因为你的坏情绪是会传染给其他同学的，这样很不好。”我说得很认真，甚至，在他们看来也很严肃。忠言逆耳，希望他们能理解。

“但是，无论如何，我们也该为小甘和小黄的辛勤付出鼓掌！”我还是给两个孩子每人塞了颗糖，最后在掌声中下课。

第十一辑

七月槐夏　荷韵悠扬

7月2日
星期一　雨转晴

周一早上的升旗仪式被一场突如其来的大雨给搅黄了，于是改成了难得的漫长的班会课。这是本学期最后一次班会课，这周也是初一最后一周的上课时间了。

班会课上讲了一个沉重的话题。

“你们进入初中的第一年，也是我做你们的班主任的这一年，我们班没有一次被评为文明班。我每次经过别的班级，看到他们教室里的墙上挂着的文明班奖状都觉得很羡慕。”我神情很失落。

“老师，这有什么好羡慕的，您看我们也很棒啊！”这群孩子脸皮真的很厚。

“其实我并不是在乎这些荣誉，只是像我们这么优秀的一个集体，竟然从来没有被评为文明班，真的太不可思议了吧！”我有点激动，“要被评为文明班，不是一两个人努力就可以了，而是要靠大家一起努力，而且还要从细节做起。由此也可以看出，我们的确还有做得不够好的地方。”说到这里，我竟然觉得鼻子酸酸的，只能极力地克制自己的情绪。

教室里挺安静的，不知有没有人发现我情绪的变化。这时，下课铃响了。

"如果下学期我不做你们的班主任了，从没被评为文明班会让我觉得很遗憾。"说完我立刻走了，情绪很低落。

7月3日 星期二 晴

复习课真的挺不好上的，只是做试卷、讲评试卷，一边做一边讲。不能让我好好发挥的课，都会使我无比疲惫。感觉像过了好久，可今天才周二。

昨天一位朋友脑干出血进了医院，至今生死未卜，朋友和我一般大，想到这件事就揪心地痛。生命无常，人生无常，很多东西，想要珍惜的时候通常已经来不及了。

中午接到政教处的电话，说我们班小潘又犯事了，好像是和初二的学生打架了。唉……

刚刚又有位家长向我反映，她女儿的同桌经常上课不好好听讲，影响她女儿上课，要求调座位。

负能量会传染，不写了。

7月4日
星期三　晴

每天天气预报都说有雨，可是我连雨的影子都没有看到。

早上我上完两节课，就直奔政教处处理小潘打架的问题。他爸爸也来了，看得出来，屡次因为儿子犯错被请来学校的潘爸爸既气愤又尴尬，儿子做错事，父母脸上总是无光的。小潘是跟着别班的一名男生一起打架的，可以算是帮架吧。那个男生是学校的头号“头疼人物”，他妈妈也被请来了学校，那是一位长相挺富态的妇人，一到就摇头加叹气。

“唉，这个儿子我们也伤透脑筋了！”她说话语速不快，神情也很平静，和小潘父亲气急败坏的样子很是不同。

政教主任和班主任向她阐述了事情的经过之后，突出说明了他毫无认错悔改之心，并且无视老师的教导，用政教主任的话说，“他双眼瞪着我，像是要把我吃了！”

“唉，我知道的，”那位母亲慢条斯理地说，“他在家也是这样对我们的，态度向来很差，我们真的拿他没办法了！要不这样吧，下次他表现不好，对你们老师不尊重的话，你们怎么罚他都行，我们家长绝对没有意见的。”

说实话，我作为老师，尤其讨厌家长说这些。把我们老师当作什么人了？

“这个儿子我们管不了，也不管了！”那母亲又补充了一句。

“那你的意思是，你的儿子你不管了，把他扔给学校吗？”看得出来政教主任也很生气。

那位母亲有点尴尬，“我们真的管不了，他也不听我们的……”

果然，每个问题学生背后都有一个问题家庭。孩子的教育绝不是单靠学校就能完成的，家庭教育才是至关重要的。作为教育工作者，我虽无权去批评家长，但是，对于这种因为自己当初没教育好孩子,现在就把孩子推给学校管教，将来或许会让孩子在社会中碰壁，我认为是极其不负责任的。不负责任的家长，迟早得为孩子承担更大的责任。

7月5日 星期四 晴

第三节课下课后，一群孩子闹哄哄地向我跑来。

“老师，小袁在教室里吃东西！”小华的大嗓门有点震耳欲聋。

“什么时候的事？”我已被早读课和连续三节课折磨得有气无力，一会儿还要上第四节课。

“就刚刚！这该罚吧？公然在教室吃东西！挑战班规哦！”一旁的小雷有点看戏不嫌事大的样子。

“叫小袁上来吧！”我真的有点累了。

不一会儿，这群咋咋呼呼的家伙又回来了。

“老师，小袁不肯来！”

“就是！他还说有事叫您下去找他说！”

“哈哈，他说叫您去他的‘办公室’！”

…………

你一言我一语的，说得我头都疼了。

“嘘，他来了！”小华一个劲儿朝旁边说得正欢快的小雷和小潘使眼色，两人立刻闭嘴。

“小袁，我正准备动身去你的‘办公室’呢，在哪儿呢？告诉我，下次我好找过去啊！”我望着小袁说。

这家伙气鼓鼓的，没有回我的话。

“你又带东西在教室吃了？”我也不想继续和他开玩笑了。

“我吃的是早餐！”这家伙说话还挺冲的。

“早餐也不允许！学校规定的，你应该吃完早餐再进校门的。”我也来气了。

“他们也吃了，为什么就抓我？”他又冲着我喊了一句。

我真的很不喜欢听到这样的话，他们也犯了事，所以自己犯事就是正当的吗？什么逻辑？典型的是在逃避责任。

“首先，你在教室里吃东西，就违反了校规、班规，与别人没有任何关系！其次，所有违反纪律的同学，一经查明我都会处理，但这不是你做错事的借口！”我说话的语气也有点重。

“其他人也吃了，就抓我一个！”他执迷不悟地坚持着，一边说还一边万般委屈地流下眼泪。

“我也会批评其他人，但与你无关！现在先处理你的事！”我的音量也提高了。

“我不服！”他边说边往外走。

“小袁！我还没说完！”我喊住他，他却没有要停下的意思，直接走出了办公室。

我想起了上次端午节亲子活动，有些家长来学校参加了活动，小袁的妈妈因为放学没有等小袁一起走，这家伙就冲到办公室拨通了他妈妈的电话，然后很凶地责备他妈妈。我正好回办公室，看到了这一幕，得知他是在和妈妈通话之后，还批评了他。看来这家伙不但对父母说话态度不恭敬，对老师也一样。于是我和他的妈妈沟通了一下这个问题，他妈妈答应我中午会对他进行教育。

中午回到家，一早上的劳累让我饥肠辘辘，我正狼吞虎咽吃着午饭的时候，接到了小袁妈妈的电话。

“老师，我们刚才教育了小袁，但是他说班里不止他一个人吃东西哦！”

小袁妈妈这第一句话就让我很寒心，家庭教育果然对孩子的影响很大。我没接她的话。

“还有，他说，班里小雷和小潘那几个同学经常欺负他，可能因为他个子小吧，还把他的豆浆弄翻，洒到他的衣服上……”

“小袁妈妈，班里其他在教室吃东西的同学我都已经批评过了，至于小袁说同学泼豆浆的事情下午我回去调查一下，但这些都与小袁犯的错无关！首先，他不该带食物到教室里吃；其次，他不该不尊重老师，对老师大吼大叫！”我快速表达完我的观点，也想快点结束这次谈话。

作为老师，我应该担负对孩子的教育责任，但对于家长，我还真是有心无力了。

下午，小袁妈妈发微信给我，说小袁因为上午的事，下午不肯回学校，并美其名曰“让他反省一下”。

7月9日
星期一　晴

像我这种不拘小节的人，过于严苛的条条框框约束不了我，对于我来说，我的界限就是内心。这样飘忽不定的准则，大概就是领导们最不愿意见到的吧。

对班里的孩子，我也没用太多的条条框框束缚。但大的方向要有，比如班级一定要有正气，歪风邪气必须及时痛批，个人也一样，品质要好，心地要善良，偶尔犯些错误不必大惊小怪，毕竟是孩子嘛。

我讨厌别人总用命令的口吻说话，大家做同事、朋友挺好的，没必要趾高气扬地端着领导的架子来训斥人。

所以对于孩子，即使犯了错，我也不会让他蹲在我面前说话，更不会叫他先去做500个深蹲再来谈话。我会叫他搬张椅子坐在我旁边，与他好好聊一聊。

可是或许不是每个人都抱着和我一样的想法，希望初二，你们还能有一个像我这么好的班主任。

7月14日 星期六 晴

散学典礼之后，各班学生回教室。

我一直在酝酿着该说些什么，该怎样说，努力地调整好心态……

先让孩子们搞好教室的卫生，这样一会儿我讲完就可以直接放学了。我在办公室里默默地收拾着东西，我的东西实在太多了，也是，在这里待的时间太长了，这些都是年岁的积淀，

里面是满满的回忆。

“老师，您这是在干吗？”不用抬头我都知道这是小甘的声音。

“收拾东西啊！”我轻描淡写道。

“您要走了吗？下学期不教我们了吗？”她一副开玩笑的样子。

“是啊，可能真的不教你们了。”说完这话，我觉得鼻子一酸，深呼吸一口气。

“为什么？您为什么不教我们了？真的吗？”一旁的小郑很激动。

我抬头正准备解释，却看到她的泪水夺眶而出，小甘也

双眼通红，我的眼泪在眼眶里直打转，我看不得别人哭，尤其是这个时候……我把头扭了过去，佯装去厕所，我不想让别人看到我哭。好一会儿，我走了出来，看到那两人已哭得双眼通红，我拍了拍小郑的肩膀，也不知该说些什么。看时间也差不多了，我招呼她们一起回教室。

“老师，您是不是下学期不教我们了？”无比安静的教室里冒出一个声音，很不和谐。

“为什么？”

“老师，我们下学期表现好一点，一定不让您失望，您别不要我们啊！”

“老师，您是我们的‘亲妈’啊……”

望着她们哭红的双眼，我心里难受得很，眼泪又开始打转。

我先是把这学期积攒的零食全部发下去，然后颁奖。最后各奔东西。

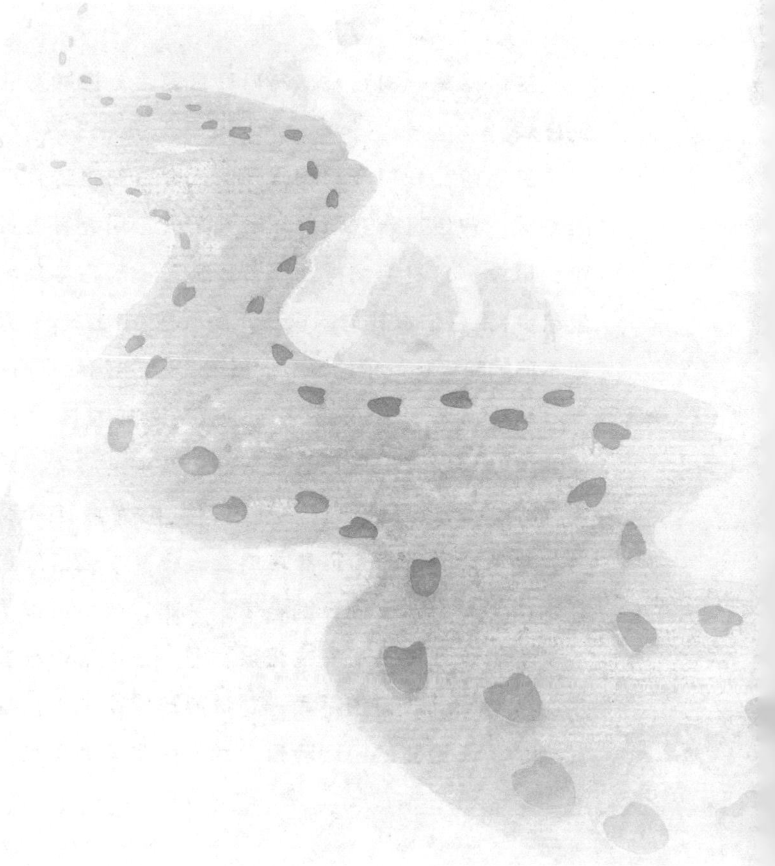

青春是一本不忍细读的书

携花而来，随香而去，所有的相遇都是久别重逢。

——题记

生命，是一树花开。我们见它繁荣，也知道它无形的衰颓。

三年前，我们怀着憧憬和向往走进初中的大门，风雨兼程。曾经您和我们共沐一片阳光，用青春去谱写友谊的篇章。您是否记得我们曾经和您一起在午后的校园里散步？是否记得我们同窗三年的教室？书上说：“天下没有不散的筵席。”别怕，书上也说：“人生何处不相逢？”

时间如同沙砾般挥洒在指尖，白驹过隙，三年时光如流水般逝去，而那些散落在记忆中的欢笑，照亮了那一个盛夏。我仍记得初见您时，阳光透过繁茂的枝叶，洒下柔和的光，你嘴角噙着一抹笑，自信而张扬地在黑板上写下龙飞凤舞的名字。至此，我们班多了一位“女王”，可能是“臭味相投”吧，您从来都不喜欢冷清的课堂，而我们也不是一群耐得住寂寞的人，日子总是在您天南地北的闲聊和我们的调侃欢笑中度过。大概也是因为您年轻而活泼，连我这样一个慢热的人都被感染了，少了那分书生的含蓄，多了一分年少的张扬。终于，在您的激励下，我毛遂自荐参加了第一次朗诵比赛，尽管结果不尽如人意，但总算是轰轰烈烈地参加了。最难以忘怀的，恐怕还是那个午后，淡淡的雪碧味糅合着微风在杯子里酝酿，杯身起了一层薄薄的水珠。您神神秘秘地把我们叫过来，问要不要参加心理剧表演……就这样，无数个燥热的中午，我们都在办公室里排练表演。您身兼多职，既是导演又是编剧，忙得脱不开身，连课间都在修改剧本。而我们作为即将上台的演员，一遍又一遍地排练着剧情，揣摩着人物形象。终于到了初赛的日子，您给我们加油、打气。说起来有些惭愧，因为紧张，我没有发挥出平时的水准，最后只得了第二名。一次紧张的表演就这样过去了，日子依旧在平淡中蹒跚而过。只是，还是有些东西在无意中改变了您和我。

青春是一本不忍细读的书，每一分每一秒都是那么的慷慨激昂，却又弥足珍贵。轻轻地，我们走了，正如我们轻轻地来。少年的心永远比天气还要燥热，永远渴望那一片绿茵场，少年飞奔在绿茵场上的身影，是对“青春”最完美的诠释。忘不了同学们在球场上的英姿勃发，忘不了得到第一个文明班奖状时的热泪盈眶，忘不了那再也没有的留堂作业……

当初说时光易逝，我还不以为意。如今蓦然醒悟时才发觉，无论是讲台上老师整齐的板书，还是朋友间没心没肺的互黑，那些看惯了、听惯了的东西，不久后都将离我远去。正如高尔基所说：“在生活里，我们命中碰到的一切美好的东西，都是以秒计算的。"

最美好的时候是跑完800米时有人伸来了手，是蹦蹦跳跳擦不到黑板时有人帮你擦，是陪你去卫生间却弹你一脸水，是陪你去小商店请你吃零食的小伙伴，是你被叫起来回答问题时周围的人一边幸灾乐祸一边帮你找答案，是在一起谈天说地，是在最美的时光遇见最好的你们！

您的学生：郑雨欣

"女王"点评：

雨欣是我的科代表，一个活泼漂亮的小女孩，特别地有灵性。

不得不承认，作为一名班主任，在选科代表的时候，我是有私心的。我希望我的科代表既"霸气"又柔和，既能出厅堂，又能入厨房……哦哦，这不该是选科代表的标准，哈哈哈，不过也差不多，就是文武双全的意思吧。在这样的高标准下，能入我法眼的候选人不多，如果说之前毛遂自荐的小甘深得我心纯属上天对我的眷顾，那么雨欣则算是我慧眼识英才了吧。

她有一双动漫人物般的无辜大眼，让人感觉这家伙特别机灵。课间在办公室或者在校道上，这家伙都会和一群孩子一起簇拥在我身边，七嘴八舌地聊聊家长里短，亲切又随意。若是看见我课间在办公室里吃零食，这群小丫头就会围绕在我身边，眼睛盯着我手中的零食顾左右而言他，有时我故意不看她们，她们就会越发肆无忌惮地盯着我，像一群饿急了的狼，仿佛再不分享好吃的，她们就会扑向我……我们一起吃着零食，开心地做好朋友。

雨欣不讲话的时候，是一副柔弱的娇滴滴的模样，可是一说话，虽然她的嗓门不大，嗓音还甜美，但我能感受到她的坚定。这是个内心很强大的女孩，有主见，知道自己追求的是什么，并且愿意为此付出，这种品性一定能使她有所作为。

独自

如果今天有60秒允许我倚靠在墙壁上回忆，第1秒就会有夏日的残影浮现在我眼前。

聒噪的蝉鸣碾动着被强光穿透的树叶，热流自云朵的缝隙间淌下，浇灌在柏油路的反光面里。我在陌生的课桌前低下了头，被揉捏得布满褶皱的衣角上全是我对将来的迷茫。

新的开始，我会被带到哪里呢？

不算太宽敞的旧教室里挤满喧哗，本来素不相识的我们聚在这里，生命的细流开始交汇。

5秒内，夏天的气味犹在，被定格的画面无声地在我面前回放，我的视线聚焦在那道身影。可惜我没戴眼镜，勉强能看清她被阳光勾画的面庞、看不出任何瑕疵的肌肤、柔和的五官线条和那对明亮的眼眸。有一瞬我们都在感叹，她身旁并没有刻板印象中教师自带的那种气场，更多的是由内而外散发出的优雅。

她是我们的“女王”。

不知从什么时候开始，周记成了我畅所欲言的地方。嗯，在多数人的印象里我的标签是“沉默寡言”，我的确是个会把感情压抑在自己心底的家伙。在经历了短暂的磨合期后，我仍然保持着原有的姿态：安静、内向、不善言辞。旁观者一般的存在注定了我用笔墨的方式来剖开外表展现自我。

然后我在每篇周记的落尾处，看见了老师用红笔写下的评语。每一页都有着这般痕迹，虽然有些字迹我琢磨不透，但是每次的肯定，都让我对自己越来越有信心，过去积压的自卑感，也在这种特殊的沟通中慢慢地消弭。

没有条条框框的拘束——只要我们不逾越规则的警戒，不犯相同的错误三次。圆日不断从校园的围墙外苏醒，然后混合着黄昏裁剪出的薄云沉睡，不同的是我们间的距离愈来愈近。

剩下来的54秒，是老师平均分给班级里每名同学的时间。我们都曾在运动场粗糙的跑道上为迎接学校运动会的到来而排练，在秋风吹拂着的暮色中因为意见不一致而争吵，因为共同挥洒汗水获得的成就而欢笑。都曾在涂满寒冷和艰辛的野外集训中因为一场昙花般的邂逅和离别而痛哭流涕。都曾沐浴在凝滞瀑布般的紫藤花下，切身体会课本中《紫藤萝瀑布》所带来的诗意和川流不息的生命力。都曾在夏季初响的蝉鸣中抓捕我们生命里最后一次合情合理的任性，偷走体育课的剩余时间，用不怎么专业的歌喉为老师近在咫尺的生日练习歌曲《稻香》。而我的任务，就是把这一切的剪影缩放在那本不起眼的周记上。

无论结果如何，在这一切的末端，我们看见的永远是绽放着笑容的老师，那个包容着我们所有人的不成熟的老师。向来不会为离别而伤心的我，在连接九年级正轨的那个散学典礼上，也像当初一样把头埋在课桌下，双眼不再被迷惘所蒙盖，而是被莫名其妙爆发的眼泪狠狠地洗涤。

这塞满仅仅覆盖初中生涯回忆的60秒，到底窃走了多少泪水和欢笑啊。

如果没有老师的肯定和夸奖，我想我可能到现在都想不明白自己的价值在哪里。她那双明亮的眼眸仿佛真的能穿透一个人的心底，然后……把那团浓重的迷雾驱散、剥除。我明白，我的身份就是旁观者，即使我没有敞开心扉和他人交流的勇气，我也可以用笔墨把自己所看到的、所想到的记录在纸页间，流露出最真实却无法用言语直抒的情感。我不会再被"带到哪里去"了，而应该是"我会去哪里"。原本作为绿叶用来陪衬的我，也能在阳光的普照下闪耀吧。

这便是我在老师陪伴的初中生涯里所收获的成长、和同伴一起哭泣和欢笑，学到了新知识以及找到属于自己的方向。

我们终会有离开这座校园的时刻，但这并不代表羁绊的终点，既然收获了成长，那这必定是场充满价值的旅行。

如果有时间可以再写一篇周记的话，我想我可以不用那么含蓄，直抒胸臆也能带来别样的体会。

Looking forward to meeting again.

期盼下一个夏天和下一次遇见。

还有，十分感谢！

您的学生、李嘉文

“女王”点评：

关于嘉文，我不想多说。班里的孩子都知道我有多喜欢她。

我是一个不大喜欢赤裸裸地表达爱意的人，但对于嘉文，每次我都忍不住狠狠地夸她，直夸得周围的人眼冒金星、妒火中烧。当然，不仅我，大家也都喜欢她。

她是个极度内敛的女孩，没由来的自卑让人格外心疼她，跟着爷爷奶奶长大的孩子特别会体谅老人家的不易。她爱写文章，所有文字仿佛信手拈来，却能组合成让人惊心动魄的美。每次读她的文字，都是一种享受。

我也是一个爱用文字记录生活的人，我喜欢透过文字去探究人的内心，所以孩子们写的周记我都会很用心地去看，去读他们的内心，尤其是心思很细腻的女孩子，比如嘉文、小伍、雨欣……这些女孩啊，我希望一直有能读懂你们的人陪伴着你们……

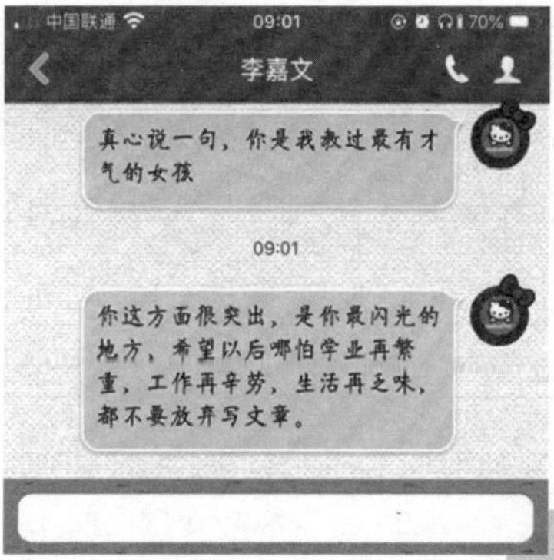

后记

其实我真的不是一个啰唆的人。我从来不否认我爱臭美、自恋、逻辑思维能力极差、神经大条而又多愁善感，但我也不否认我是一个很有个人魅力的老师（哈哈，又自恋了）。在每节语文课前的讲小故事环节里，孩子们经常会讲到我——我最喜欢的一位老师，不知是降服于我的威严还是发自内心地喜欢我（我坚信是后者），我在享受完他们的“彩虹屁”（夸赞的话）之后，会很不知天高地厚地在讲台上优雅地说一句：“不得不承认，我真的是一个很有个人魅力的人。”说完之后，台下会发出一阵实在憋不住的窃笑声，但更多的是来自肺腑的点头和认同。

魅力，指的是能吸引人的力量。个人魅力是指个人所散发出来的气质，能潜移默化地影响他人的情感和活动。它并没有自夸或者美化自己的意思，但我一直认为，我教的学生，尤其是我带的班级，这些孩子们身上都被烙上了深深的印记——叶芊的学生，因为他们实在太像我了。他们的精神面貌、为人处世的方式和态度，甚至越来越青春靓丽有活力，都像极了我……哈哈，原谅我三句话不离自恋。说实话，我不太看重他们考了多少分，背了知识点没有，会不会套用公式，我更愿意把每一个学生都培养成爱自己、爱他人、爱社会的充满正能量的人。

出于我小小的私心，我希望每一位我教过的孩子，都能以我为傲，同时成为我的骄傲！